（唐）白居易　撰

宋本白氏文集

第八册

國家圖書館出版社

第八册目録

卷五三　中書制誥六

卷五四　翰林制誥一

卷五五　翰林制誥二

卷五六　翰林制誥三

卷五七　翰林制誥四

卷五八　奏狀一

卷五九　奏狀二

白氏文集卷第五十三

中書制誥六 新體凡四十八首

權知陵州刺史李正卿正除刺史制

知渭橋院官蘇洌授員外郎依前職前進士王績授校書郎江西巡官制

湖南都押衙監察御史王璀可郴州司馬依舊職制

安南告捷軍將黄士傪授銀青光禄大夫試殿中監制

王鎰可刑部員外郎制

京兆府司録參軍孫簡可檢校禮部員外郎判荆南節度判官浙東判官試大理評事韓佽可殿中侍御史巡官試正字晁朴可試協律郎充推官同制

冀州奏事官田練可冀州司馬兼殿中侍御史制

薛常巙可邢州刺史本州團練使制

牛元翼可檢校左散騎常侍深州刺史御史大
夫制
王衆仲可衢州刺史制
田盛可金吾將軍勾當左街事制
陳楚男王府諮議叅軍君賞可定州長史兼御
史軍中監使制
崔承寵可集州刺史
前貝州刺史崔鴻可重授貝州刺史制
前吉州刺史李繁可依前吉州刺史制
瀛漠州都虞候萬重皓可坊州司馬制
崔墉可河南府法曹參軍制
前河陽節度使魏義通授右龍武軍統軍前
泗州刺史李進賢授右驍衛將軍並檢校

勑朕常思鎮冀之間弔伐之際有仗順死義不吾聞者因命弘正列狀以聞而某官王怡等頃陷艱虞天思伸忠効或名節將立併命於幽憂或義烈臨奮失身於戮辱履危如武尾視死如鴻毛若無襃揚何勸天下旣降飾終之命仍加身後之禮追榮延寵有越常倫冀使死節之魂忠憤之骨知我憐憫殁無恨焉怡可贈左僕射序可贈給事中

武寧軍陣亡大將軍李自明贈濠州刺史制

勑王師之討蔡平鄆也自明爲武寧裨將隷于元戎凡所指蹤必先致命三軍之士于今稱之有勞未圖無祿早代生不及賞貝殁而加恩庶使猛將義夫聞而相勸曰死猶不忘況生者乎可贈濠州刺史

裴弘泰可太府少卿知左藏庫出納制

勑前度支河北榷鹽使朝議郎檢校尚書刑部郎中使持節貝

州諸軍事兼權知貝州刺史侍御史充本州防禦使上柱國賜紫金魚袋裴弘泰九土之貢百品之貨辨其名物謹其出納常在外府統以上卿宜求幹敏之才以爲之貳而弘泰須分推務兼撫郡民當軍興之時法行政立則受藏之府事繁物夥量其器能可以專委勉膺是任無替前勞可守太府少卿知左藏庫出納散官勳賜如故

李昌元可兼御史大夫制

勑通議大夫使持節儀州諸軍事儀州刺史兼御史中丞上柱國李昌元弓裘令子疆場勞臣能讀父書甚識戎事每在戰陣未嘗無功及委藩條亦聞有政而知臣者君也賞勞者爵也亞相之秩威重寵榮加乎尓身以勸能者可兼御史大夫餘如故

田穎可亳州刺史制

勑正議大夫前檢校右散騎常侍使持節洺州諸軍事兼洺州

刺史御史大夫充本州團練使上柱國賜紫金魚袋田穎自別
屯將壘專領郡城而能勤恤師人與之勞逸故臨戎則士樂爲
用撫下而衆知嚮方忠勳既彰能政亦著牧守之選吾所重之譙
鄴之間人亦勞止授尔印綬往勞來之冝推前心佇立後効可
檢校左散騎常侍使持節亳州諸軍事兼亳州刺史御史大夫本
州團練使鎮遏使散官勳賜如故

薛伯高等亡母追贈郡夫人制

勑某夫人某氏等始播婦儀終垂母道敎其令子爲我良臣而
皆茂著才名榮居爵位永言聖善冝及顯揚俾追啓邑之封式表
統家之訓可依前件

李佑授晉州刺史制

勑牧守之官與吾共理下之安否繫乎其人必稽前功方降
是命某官李佑夙負材器累經任用當領軍郡頗著政聲而

平陽舊都近罷征鎮土疆事物既廣且夥藉尒良能爲予撫字夫均其征役簡其科禁謹身省事以臨其人而人不安未之有也往弘是道以康晉人可依前件

武寧軍將王昌涉等授官制

勑王昌涉等早以材力召募從軍元和已來南征北伐咸有勞績著于一時主帥上聞乞加褒賞故以寺卿憲職序而寵之無弃前功在申後効可依前件

馬惣亡祖母韋氏贈夫人制

勑某官馬惣亡祖母韋氏播兹懿範貽厥嘉謀施及孝孫實居貴仕將明餘慶其在追榮不唯垂裕後昆抑亦光昭幽壤宜降封丘之命以慰令伯之心可贈某夫人

路貫等授桂州判官制

勑藩隅之重委以侯伯軍府之要掌在賓寮貫等以文行

修身以智謀從事佐廉問澄清之務撫華夷錯雜之人俾其乂安實在叅贊宜及寵命以光所從可依前件

駙馬都尉鄭何除右衛將軍制

勑周設七萃漢列八屯皆以拱衛王宮肅嚴徼道統茲騎吏其屬親賢某官鄭何擢秀士林挺質公器以貞和陶其性以禮樂文其身善積德門慶連戚里況久踐名職累著聲猷念舊獎能宜加榮寵環列之尹不易其人俾宣力於爪牙不失親於肺腑可右衛將軍餘如故

封太和長公主制

勑公主之封号也或以善地或以嘉名立愛展親茲惟舊典第四女端明成性和順禀教靜無違禮故組紃有常訓動必中節故環珮有常聲歲茂穠華日新淑問乃眷肅雍之德俾開湯沐之封可封某公主

宋朝榮加常侍制

勑河東節度都押衙試太子賓客兼御史中丞宋朝榮嘗因戰功擢領邊郡撥能適用故有轉遷龍樓上寮牙門右職雖有兼命未表殊恩宜加騎省之榮不改憲臺之重以茲寵任足報忠勳爾其欽承無墮乃力可檢校左散騎常侍餘如故

贈陣亡軍將等刺史制

勑故某官某等王師問罪至于淄青爾等同執干戈親當矢石忠而盡瘁勇以亡身或退卒于師或進歿于戰俱死王事深惻朕心念捐軀於軍前宜追命於泉下郡守之貴以示襃榮可依前件

諸道軍將等授官制

勑平齊之役也諸軍指期衆校合戰某官等各輸勠勇同樹勳勤永思積日之勞頗愧踰時之賞故於獎授有所超遷朝右貴班宮坊清秩或參憲職分以命之庶知我心不忘忠力可依前件

裴度韓弘等各賜一子官幷授姪女壻等制

勑某官某等謁廟郊 天改元肆眚是爲大慶與衆共之矧股肱心膂之臣與吾同體延賞貟任子其可廢乎爾等或以文華或以吏職有所修立宣果於義方自當襃升況需洽慶澤俾舉展親之典用叶推恩之道猶子愛壻各命以官爾其欽承無忝朝獎可依前件

入迴紇使下軍將官吏夏侯仕戩等四十人授卿監賓客諮議衛佐同制

勑某官夏侯仕戩等前命鄭權之入迴紇也爾等參護使車用祗王命悉心盡力有恪恭跋滯之勤焉宜以省寺軍衛之班宮坊府邸之列舉爲賓典分以寵之齊等旌勞於是乎在可依前件

盧昂可監察御史裏行知轉運永豐院制 王播奏請

勑虢州司戶參軍盧昂前負瑕疵事多曖昧今聞修省善亦

昭彰況有大僚同知情狀且明非罪仍舉有才吾信人言遂可其
奏尔思自効無辱所知可依前件

張惟素亡祖紘贈户部郎中制

勑右散騎常侍張惟素亡祖某縣令某德合上玄才終下位命屈
於當代慶流於後昆故其孝孫實登貴仕經曰無念尔祖詩曰
貽厥孫謀此言孫之謀能顯揚其先祖之德能垂裕于後也不追
榮於列宿曷旌精德於太丘可贈户部郎中

興州刺史鄭公逵授王府長史李殖授興州刺史同制

勑鄭公逵等或以行稱或以才舉進修所致班秩不卑改命序
遷各適其用且乘朱輪於郡邸曳長裾於王門士子名宦至斯
亦不為不遇也並朝案部各敬尔官可依前件

權知陵州刺史李正卿正除刺史制

勑審材之要考察為先吾之於人試可乃用李正卿頃闕吏道因

假郡苻畏法愛人善於其職夫速旌其能則吏勸久於其政則化
成未可轉遷就加員秩副吾知獎無怠始終可陵州刺史

知渭橋院官蘇洌授員外郎依前職前進士王績

授校書郎江西巡官制

勑某官蘇洌嘗以幹良分領劇務受任稱職主者上聞績既
有成賞貴安可闕前進士王績亦以藝學籍名太常著其令聞及
此慰薦以課進一以才升咸加班榮同以褒獎臺官校職尒各
欽承可依前件

湖南都押衙監察御史王璀可郴州司馬依舊職制

勑某官王璀郡司馬之官秩禄頗厚凡在戎行有軍課者多兼
命以優寵焉而璀以鞭弭橐鞬從事征鎮前後主帥咸稱
有功宜加新命仍率舊職蓋欲旌往勞而責來効也尒其勉
之可兼郴州司馬

安南告捷軍將黄士倏授銀青光禄大夫試殿中監制

勑某官黄士倏戎首來降陪臣告捷服勤靡盬將命無違宜以恩榮獎其勞效貴階崇秩兼而寵之可依前件

王鑑可刑部員外郎制

勑刑曹郎歟朕詔執事擇可以善於其職者而殿中侍御史王鑑自居殿中能察非法連鞫庶獄多叶平允加以温敏静專可當是選一歲之獄決在秋冬今方其時宜勖乃職

京兆府司録參軍孫簡可檢校禮部員外郎荆南節度判官浙東判官試大理評事韓佽可殿中侍御史巡官試正字晁朴可試協律郎充推官同制

勑某官孫簡等凡使府之制量職之輕重以命官揆時之遠近以進秩俾等衰有常序遷次有常程勞逸均而名分定矣簡自登憲司佐相幕府暨糾天府皆有可稱而佽等亦以文學發身

謀畫効用荆陽術右賓貢籍賔寮況今之公卿大夫皆由此塗出
慎尔職事尔無自輕可依前件

冀州奏事官田練可冀州司馬兼殿中侍御史制

勑某官田練幹敏立身公勤濟事奉州將之手跡達軍人之血
誠念其忠勞宜有寵擢假憲名於殿内遷郡秩於治中兹謂兼
榮尔其欽受可依前件

薛常翽可邢州刺史夲州團練使制

勑新授深州刺史薛常翽平蔡之役常領偏師實立勲勞遂
膺寵任令屬方隅多故將守用能且以翽之長材居邢之要地故
命魚符擬郡能戢移轅夫事至而功成時来而節見此忠良之
事業也尔其念之哉可依前件

牛元翼可檢校左散騎常侍深州刺史御史大夫制

勑某官兼御史中丞權知深州事牛元翼命官之要凡試吏者必

侯成効然後即眞而元翼有理戎之才扞城之略權領軍郡能修武經士樂人安厥有成績是用假威臺憲眞拜郡符仍以金貂亦其兼寵吾聞忠臣立節列士垂名其要無他得時而已勉竭材力副予斯言可依前件

王衆仲可衡州刺史制

勑前虔州刺史王衆仲聚學修身由文飾吏累經任使頗著良能前牧南康亦聞有政宜新印綬載領藩條而衡湘之間蠻越雜處無以俗陋不慎乃事無以地遠而怠厥心副吾陟明俟汝奏課可依前件

田盛可金吾將軍（犯御嫌名）當左街事制

勑右金吾衛將軍田盛夫仕官至執金吾古今所榮重也而盛生勳德門有文武略居貴介而無佚領誰何而有勞言念徼巡之功宜及轉遷之命處左攝事以表使能可依前件

陳楚男王府諮議參軍君賞可定州長史兼御史
軍中監使制

勑某官陳君賞夙承義訓幼有令聞專繼弓裘之名通知軍旅之事因仍憲職兼佐郡符敬服寵章勉從任使

崔承寵可集州刺史

勑太子左諭德崔承寵早登班級亟換星霜自陳力於貴朝屢奉辭於外國職因事博績以勞成就列官坊既申贊諭之美分符郡邸佇聞剌舉之能宜勵公心祗承寵命

前貝州刺史崔鴻可重授貝州刺史制

勑前貝州刺史崔鴻嘗牧貝丘能修其職及辭印綬頗有去思相時之宜從人之望俾換新命再臨舊邦況聞貯蓄時材諳詳物務而方州思理侯伯薦能勉勤爲政之心勿忝知人之舉

前吉州刺史李敏可依前吉州刺史制

勑前吉州刺史李繁累奉藩條皆奏課第故移縉雲之政俾牧廬陵之人雖降璽書未臨郡邸屬魚章改造熊軾追還事旣謀新職宜仍舊勉率分憂之任庶成來暮之謡

瀛漠州都虞候萬重皓可坊州司馬制

勑某官萬重皓嘗資武力早備戎行頗歷艱虞亦聞勤効而藩隅未靖遷轉從宜言念前勞宜加優秩可坊州司馬

崔墉可河南府法曹叅軍制

勑鄆曹觀察判官監察御史裏行崔墉文行飾躬公清奉職士林推美藩府薦能軍旅之間久資其用忠勤之後不殞其名宜拔才於功臣俾試吏於府掾可依前件

前河陽節度使魏義通授右龍武軍統軍並削泗州刺史李進賢授右驍衛將軍並檢校常侍兼御史大夫制

勑夫文武之才內外迭用軍國之任出入遞遷斯所以優勳賢而

均勞逸也某官魏義通以戎功積久榮委雄蕃某官李進賢以軍課居多寵分符竹各勤其職咸用所長是以河陽三城鎮靜而不擾泗濱一郡緝理而有勞我有禁軍爾宜分領親信則倚爲心膂動用則張爲爪牙苟非其人不付此任咸假貂蟬之貴仍兼憲職之榮勉哉二臣無替一志可依前件

李玄成等授官制

敕黔州觀察使與度支使言玄成等或蘊蓄能才咨謀是藉或分領劇務課績有成並可奏書各遷憲職勉勤乃事無忝所知可依前件

馬揔准制追贈亡父請迴贈亡祖制

敕夫積善者慶鍾于後顯揚者光昭于先而揔貴爲邦君賢爲國士荷貽謀之訓用率義之文上獻表章有所陳乞朕念其祖德褒以臺郎所以復陳寔必興之言慰范喬泣涕之思庶使

幽顯兩無恨焉可贈某官

權知朔州刺史樂璘正授兼御史中丞制

勑樂璘專習武經旁通吏道試補郡守以觀其能連帥上聞果副所舉夫審官之要在因其所長而任之則政速成而化易就也才既試可官宜即眞何以寵之就加憲職可朔州刺史兼御史中丞

神策軍推官田鑄加官制

勑田鑄官列環衛職叅禁軍愼撿有聞恭勤無怠顧是勞効例當轉遷郡佐官寮以示兼寵

裴敞授昭義軍判官裴倂授義成軍判官各轉官制

勑裴敞等昭義義成今之重鎮實藉賓介以叅謀猷而二帥皆勤於奉公精於辟士度才而授職循序而請官頗合所宜咸可其奏可依前件

雲州刺史高榮朝除太子賓客河東都押衙制

勅高榮朝常領鋭師入攻堅寇因累奬賞位至專城才有所長宜遷戎職功不可忘兼進榮班勉事元戎無替勞効

韋綬等賜爵制

勅韋綬等去年春夏同奉寢園事集禮成副吾哀敬宜加封爵以報恪勤可依前件

烏重明等贈官制

勅故某官烏重明等夫生樹功勤歿加襃飾有國之常典也重明等在興元初常執覊于奉天策勳爲定難無祿即代有勞未圖星歲屢遷光塵不昧聞鞞之念予心曷忘俾慰幽泉各追顯秩可依前件

羽林龍武等軍將士各加改轉制

勅夫軍衛警則内外嚴爵賞明則忠勤勸爾等咸以材力列于禁營屬去年已來屢陳儀仗雖加賜與未荅勤勞因詔有司舉

行賞典吾匪虛授爾宜勗承文武班資各從序進可依前件

新羅賀正使金良忠授官歸國制

勑新羅使倉部郎中金良忠等朕以文明御時以仁信柔遠聲教所及駿奔而來況溟漲一隅舟航萬里爾慕我化我圖爾勞隨其等倫命以寵秩無替前効永爲外臣可依前件

白氏文集卷第五十三

白氏文集卷第五十四

翰林制詔一 凡三十四道 擬制附

除裴垍中書侍郎同平章事制

除段祐檢校吏部尚書兼太子賓客制

除趙昌檢校吏部尚書兼太子賓客制

除范傳正宣歙觀察使制

邊鎮節度使起復制

除任迪簡撿校右僕射制

除常侍制

除裴武太府卿制

除裴垍中書侍郎同平章事制

門下朕聞后德惟臣良臣惟聖在太宗時實有房杜贊貞觀之業在玄宗時實有姚宋輔開元之化咸克佑我烈祖格于皇天朕祗奉丕圖黽懋纘前烈思欲貞百度和萬邦建中于人垂拱而理永惟房宋之化寤寐求思至誠感通上帝眷祐果賴良弼輔予一人正議大夫行尚書戶部侍郎上柱國賜紫金魚袋裴垍器得天爵文爲國華行有根源詞無枝葉忠敬恭順貫之以誠心方潔貞廉輔之以通識玉立不倚金扣有聲洎內掌綸言密參樞務嚴重

有大臣之體温雅秉君子之文毋獻納之時動有直氣當顧訪之際言無隱情遠圖是經大事能斷匡予不逮時乃之功及領他官且司邦賦會計務劇出納事夥投利刃而皆虛委棼絲而必理歷試已久全才益彰宜登中樞以副僉望夫宰輔者下執邦柄上代天工爲國蓍龜注人耳目爾尚降乃德以親百姓廣乃志以序九流匡朕心以清化源從人欲以致和氣予欲宣力汝爲股肱予欲詢謀汝爲心膂予違望于汝弼勿謂不從汝言逆于朕心必求諸道獨立勿懼直躬而行明聽斯言勑踐乃位嗚呼罔俾房宋專美于前可中書侍郎同中書門下平章事散官勳賜如故主者施行

除段祐檢校兵部尚書右神策軍大將軍制

門下爲君之心惟功勞是念有國之典以賞勸爲先其有輯睦師徒保綏黎庶盡勤王之節建護塞之勳則宜進以官常委之軍要兼文武之秩叅内外之榮斯所以彰念功而明懋賞也四鎮

北庭行軍兼涇原等州節度支度營田觀察處置等使光祿大夫檢校工部尚書使持節涇州諸軍事涇州刺史兼御史大夫上柱國鴈門郡開國公段祐早膺事任累著公忠名因義聞位以勤致自分戎閫實控塞門明皐武經大修邊備士卒有勇保鄣無虞虜不近邊農皆狎野展執珪之勤禮歷戀闕之深誠方圖爾勞且遂其志夫六官庀職大司馬列于前二廣分師上將軍處其右長夏官以率屬領環衛而拱宸苟非信臣安可兼委嘉乃實效副予虛求將慎重其腹心宜進登於喉舌敬服休命勉揚令圖可檢校兵部尚書右神策軍步軍大將軍知軍事散官勳封如故主者施行

除趙昌檢校吏部尚書兼太子賓客制

門下王者以尚齒尊賢為體以念功任舊為心況文武之才有以兼備則中外之職所宜迭居所以寵舊勳而優耆德者也前

荆南節度管内支度營田觀察處置等使金紫光祿大夫檢校兵部尚書兼江陵尹上柱國天水郡開國公趙昌聚學飾身修誠致用久膺事任累著勳猷統護交州威惠之聲克振鎮臨南海撫循之政有經自移部荆門馳心魏闕增修職貢益勵忠勤爰舉寵章用旌茂績夫望優四皓然後能調護春闈才冠六卿然後能紀綱會府惟爾年德足尚可以周旋其閒宜增喉舌之榮以崇羽翼之任服我休命其惟懋哉可檢校吏部尚書兼太子賓客散官勳封如故主者施行

除鄭絪太子賓客制

門下王者重輔弼之任明進退之宜見可即升知否則捨兹朕所以推誠不惑與物無私者也銀青光祿大夫守門下侍郎同中書門下平章事兼弘文館大學士上柱國陽武縣開國侯鄭絪早以令聞入參禁署永惟勤績出授台司期爾有終匡予不

逮歲月滋久謀猷寖微罔清淨以慎身毋因循而保位既乖
素履且戀皇猷宜副羣情罷茲樞務朕以其久居內職累事
先朝恩厚君臣貴今終始俾就優閑之秩用申寬大之恩可太
子賓客散官勳封如故主者施行

加程執恭檢校尚書右僕射制

門下職參揆務權總戎麾必惟其人乃授斯柄自非望崇垣翰功
著旂常則何以副儀形之求稱節制之任我有休命爾其敬承
銀青光祿大夫檢校兵部尚書使持節滄州諸軍事兼滄州刺
史御史大夫橫海軍節度支度營田滄景等州管內觀察處
置等使上柱國邢國公食邑三千戶程執恭義勇立身忠慤成性
聚為事業發為勳猷歷事先朝久專外閫殿邦而山岳比鎮奉
國而金石為心動修武經居有循化洎執珪入覲班瑞言旋忠懇內
激於心誠恭順外形於詞氣爰舉疇庸之典稍增命秩之榮

方圖前勞且有後命朕思安封域望在勳賢任既切於腹心位猶輕於喉舌以守土勤王之効雖進官封念來朝述職之忠未加寵數特升右揆俾壯中權勉終永圖無替成績可檢校右僕射餘並如故

除王佖檢校戶部尚書充靈鹽節度使制 四年六月三日

門下靜邊之要選將爲先夫有統馭之才然授以節制之任有撫備之略然鎮以夷夏之衝期乎懷遏寇虞慎固封域今予命爾時謂得人開府儀同三司檢校刑部尚書兼右衛上將軍寧塞郡王食實封二百五十戶王佖忠厚立誠果斷効用慎始終而行有枝葉踐夷險而道無磷緇早練武經果從軍職須逢多壘實佐元戎節著臨危功參定難位由勞致名以忠聞自列六卿且司七萃星霜屢變金石彌堅宜申命於北藩俾遏戎於南牧進地官以崇新命極勳秩以褒舊功中簡朕心外諧僉議況五原重

鎮諸夏長城修戎政莫先於威聲牧邊民莫尚於惠實師雜
昆夷之悍訓必在和地爲獯虜之鄰撫宜以信勉率是道往分朕
夏憂歲時之間期於報政委望斯在爾其聽之可檢校戶部尚書
兼靈州大都督府長史御史大夫充朔方靈鹽定遠城節度副
大使知節度事管內支度營田觀察處置押蕃落等使仍賜
上柱國散官封實封並如故主者施行

除閻巨源充邠寧節度使制 四年十月一日進

門下華夷要地實爲蕃漢鈇鉞重柄必授忠賢況乎犄角諸軍
金湯中夏有坐甲護邊之旅任切於拊循有引弓犯塞之虞寄
深於備禦內作心腹外張爪牙苟非信臣不在茲選奉天定難功
臣開府儀同三司檢校尚書右僕射兼羽林軍統軍御史大夫上柱
國定襄郡王食邑一千三百戶閻巨源備知虜態明練兵符永惟
頗牧之能宜授郇邠之寄長南宮而遷左揆壯西郊而委中權

既圖前勞且佇來効於戲十聯之帥可以觀政萬夫之長可以樹勳勉弘令猷副我休命可檢校尚書左僕射使持節邠州諸軍事兼邠州刺史御史大夫充邠寧慶等州節度管內支度營田觀察處置等使功臣散官勳封並如故主者施行

授吳少陽淮西節度留後制 三月十九日

門下議事以制擇善而行是適變通庶臻康濟世王者所以弘德而息人也況閫外重寄維右成師建有德以統藩方擢有才以領留府抑惟令典今舉行之彰義軍馬軍先鋒兵馬使正議大夫檢校右散騎常侍使持節申州諸軍事申州刺史兼御史大夫會稽郡王吳少陽忠懃勞許國貴介承家蓄武略於韜鈐宣吏能於符竹屬元戎既殁謀帥其難朕將選衆以升試可而用推掌戎務已逾歲時而能和輯師人勤修土貢布寬簡有恒之政動悅人情守恭順不踰之心靜俟君命有嘉大節可假中

權宜進列於貂蟬俾增威於貔武仍加勳秩式茂寵章嗚呼重觀其能我故委之留事載佇其効爾宜勉於後圖欽思是言往率乃職可銀青光禄大夫檢校左散騎常侍依前兼御史大夫使持節蔡州諸軍事權知蔡州刺史充彰義軍節度管内支度營田申光蔡等州觀察處置等使留後仍賜上柱國封如故主者施行

除程執恭檢校右僕射制 七月十二日夜進

門下臣之節極乎忠功君之柄先乎爵賞欲忠者之克懋也故爵有加等欲功者之速勸也故賞不逾時古先哲王實用茲道今我命爾因其舊章横海軍節度支度營田滄景等州觀察處置等使起復冠軍大將軍左金吾衛大將軍員外置同正員檢校兵部尚書使持節滄州諸軍事兼滄州刺史御史大夫上柱國邢國公程執恭業傳將略名在勳籍藴天爵以修己

忠孝兩全竭臣節而事君夷險一致紀綱我列郡節制我成師動揚休聲靜著茂實自合符徼旅奔命出疆暴露歷於三時供億出於二郡整衆而身作師律伐謀而心爲戰鋒服金革而無斁當矢石而有勇兩晦識雞鳴之信風高見隼擊之威遠略既申茂勳方集朕以恒陽之衆蠢爾無知敺彼生人致之死地每一念至惻然久之與其傷和而濟功曷若含垢而修德既罷師旅爰圖勤勞効且居多賞宜從重俾自夏官之長特升右揆之崇獎夫忠勸功於是乎在承我休命爾其欽哉可檢校尚書右僕射餘並如故主者施行

除郎官分牧諸州制

漢宣帝云與我共理者其惟良二千石乎誠哉是言朕每三復安得循吏副吾此心今之臺郎一時妙選嘗經任歷並率有才用雖典曹庀事其務非輕而卹隱分憂所寄尤重是用並命分牧

吾人歲時之間期於報政戶部郎中某可某州刺史兵部員外郎某可某州刺史云云朕高懸爵賞佇期酬効咨爾夙夜其念之哉無俾龔黃專美前代

除張弘靖門下侍郎平章事制

夫佐佑天子燮理陰陽平章法度登進賢哲外撫夷狄內安元元使百官修其職一物不失其所此宰相之任也朕思得良弼馴致此道咨予命汝其殆庶乎某官張弘靖惟乃祖乃父代居相位咸有成績書于旂常爾有忠正恭肅文以禮樂日濟其美振揚家聲一時之人謂之才子亟登清貫益著令問洎出刺陝部移鎮蒲坂政不苛細甚得人心寮吏將卒皆樂為用清簡之化聞于二京師由是鄭風緇衣之好漢庭玄成之美朝望時議翕然與之人謀既同朕志亦定乃用登爾　左輔授爾以大政尚克欽乃嘉命業乃代官竭其股肱服我前訓嗚呼三代為相邦家之光爾其念

哉無替乃前人之徽烈

授范希朝京西都統制

閶闔風至太白星高謀帥護邊國之大計某官范希朝忠貞勤儉以爲質惠和智勇以爲用一代名將三朝信臣朕以西邊列鎮三四若有揔統則易成功思得良帥有威名者并護諸將歲一巡邊乗秋順令揚其威武則南牧之馬引弓之人知我有備不戰而去誰可任者無如希朝以爾有朔方之勞有振武之効功在疆埸名聞羌戎惟實與聲皆副是選今拜爾爲大將尊爾爲司徒節制進退一令諸豪倚望如右可不慎歟可充京西都統

贈吉甫先父官并與二子官制

勅某官李吉甫出入將相迨今七載而能修庶職敘彞倫毗予一人以底于道夙夜不怠厥功茂焉夫忠於君者敎本於親寵其身者賞延于嗣於是乎有節終之命有任子之恩所以感人心而

勸臣節也惟茲舊典可舉而行

除李絳平章事制

昔在堯舜聰明文思尚賴良臣實相以濟況朕薄德不逮先王是用急疾於求賢置之於左右俾承弼納誨以匡不逮言雖逆耳必求諸道事苟利人咸可其奏茲足以宣股肱之力成天下之務歷選多士爰得良輔乃降厥命其聽之哉某官李絳齋莊嚴重內明外直進退舉措有大臣體自參內職每備顧問忠讜之操終然不渝及貳地官專領財賦未逾周月亦有成績歷試多可人望攸歸俾登中樞無易絳者於戲爾有以文學入仕以正直奉上才膺大用職亦屢遷十年之間位至丞相可以報國在乎匪躬欽哉懋哉無忝朕命

授韓弘許國公實封制

梁宋之交水陸合會人雜難理軍暴難戢因變肆亂往往有焉

唯此一方朕常憂慮今有良帥鎮而撫之政立功成宜舉賞典某官韓弘以長材大略作我藩臣本於忠力輔以政理自分閫寄在浚之郊嚴貞師律恭守朝憲訓兵積粟明罰信賞軍和食足礼節並行河南晏如于茲一紀是則有大勳於國有大惠於人會課議功無出其右夫有過人之効則有加等之命古之王者所以賞一人而天下勸者用此道也可不務乎是用建于上公授之真食以示殊寵以旌殊績欽我休命子孫其保之

除裴度中書舍人制

司勳郎中知制誥裴度以茂學懿文潤色訓誥體要典嚴甚得其宜施之四方朕命惟允況中立不倚道直氣平介然風規有光近侍臺郎滿歲班列當遷綸閣之職所宜真授

除蕭俛起居舍人制

左補闕翰林學士蕭俛頃居諫列職同其憂夙夜孜孜拾遺左

右朕嘉乃志選在內庭自參密近益見忠謹始終不替尤足多之記
事之官一時清選俾膺是命以弘勸奬

除崔羣中書舍人制

庫部郎中知制誥翰林學士崔羣端厚和敏飾以文學溫溫忠
敬得侍臣之風自列內朝兼司誥命事煩而益密職久而彌精
六年于玆勤亦至矣況小大之事常所訪問盡規極慮弘益居多所
宜寵以正名式光禁職敬乃嘉命其惟有終

獨孤郁守本官知制誥制

考功員外郎史館修撰獨孤郁爲人沈實敏行寡言粲然文藻
秀出於衆累升諫列再秉史筆洎掌功論率以直聞求之周行
不可多得而掖垣近職綸閣重選俯詢時議爾宜居之

授沈傳師左拾遺史館修撰制

京兆府鄠縣尉沈傳師庶職之重者其史氏歟歷代以來甚難

其選非雄文博學輔之以通識者則無以稱命今茲命尒其有
言哉昔談之書遷能修之彪之史固能終之惟尒先父嘗譔建中
實録文質詳略頗得其中爾宜繼前志率前修無忝爾父之官
之職可左拾遺史館修撰

除許孟容河南尹兼常侍制

昔吳公表安爲河南尹守皆能以廉平清肅馭吏教人孰能繼
之我有良吏某官許孟容才志甚大言論甚高在臺閣間藹然
公望嘗尹二京邑覩其器用臨事能守當官敢言不吐剛以茹柔
不附上以急下政無煩碎甚合衆心及是轉遷頗有遺愛河洛
千里都畿在焉凡所選任必歸望實考言詢事非尒而誰不忘
舊政可立新績仍以騎省申而寵之

除李程郎中制

隋州刺史李程頃以詞學入參訓命旋以才用出領詔條漢東大

郡委之共理勵精為政三年有成中外序遷朝之彝典尚書郎㪅
尒宜補之

裴克諒權知華陰縣令制

華陰令卒非選補時調租勉農政不可㪅前鎮國軍判官試大理評事裴克諒久佐本府頗有勤績屬邑利病尒必周知宜假銅墨試其才理待有所立方議正名

贈高郢官制

故尚書右僕射高郢立身從事皆有本末在乱不汙可以言忠守官不撓可以言直以道佐主可以言正以年致仕可以言礼有一於此人鮮克舉況備四者不亦君子乎天不憖遺深用軫悼宜加褒贈以旌其風仍俾善人聞而知勸可贈某官

貶于尹躬洋州刺史制

中書舍人于尹躬其弟皐謨贓汙狼藉雖無從坐之法合當失

敎之責然以典職詔命恭勤五年我即念勞爾宜思過俾居近郡兹謂得中

贈裴垍官制

故太子賓客裴垍忠正恭愼佐予爲理事君盡禮徇國忘身積憂與勞（犯御嫌名）成疾恙以至淪逝念之惻然頃屬多故未申禮典永惟襃飾寧忘于心今則命數之間宜從加等庶使忠於君者有以勸焉可贈某官

除軍使邠寧節度使制

金方之氣凝爲將星王者法天選命豪傑授之以鉞拜爲將軍以威西戎以護中夏而倚望若是安可非其人哉某官某出忠入孝仗信抱義行有餘力學劒讀書鬱然將材用兼文武自領軍衛為我爪牙夙夜儆巡不懈于位材官知訓環列增動服勤五年兹為成績可以移用使之守疆郇邠大藩控扼胡虜若得良將則無

外虞知臣者君非爾不可仍加副相以重是行勉樹勤勞式光寵擢

除韋貫之平章事制

周宣漢宣繼體之主一得申甫一得魏丙咸克致理號為中興朕
嗣位以來永鑒前烈惟是賢俊寤寐求思歷選周行乃獲時彥
宜以政柄舉而授之某官韋貫之温重明正國之公器當官必守臨
事能斷簡簡在朕志迨今累年乃者擢居諫司以觀其直出領符
竹以觀其理煩之劇務以觀其用訪之大政以觀其體歷試必中衆
望允屬倚之為相僉曰宜哉可中書侍郎同中書門下平章事夫
臣事君以忠后從諫則聖靡不有始鮮克有終理化不成恒由於
此今我與爾永終是圖雖休勿休以臻其極嗚呼二宣之業吾有望焉

除拾遺監察等制

渭南縣尉庾敬休等咸文行清茂士之秀者宜從吏列擢在朝
行各隨才用分命以職司諫執憲佇有可稱

除范傳正宣歙觀察使制

古之諸侯三載考績選其賢者命爲長率所以勸功行而興理化也蘇州刺史范傳正文學政事二美具焉選自郎署出分符竹江南列郡連領者三所至之部悉心爲理明諭朝旨恭守詔條謹身省事以臨其下政簡而肅意誠而明吏不能欺人是以息而去思之歎來暮之謡往復有政聞於人聽雖古循吏蔑以加之朕以陵陽奥壤土廣人庶其地有險所寄非輕跡其前効可當此選況黟歙之遺愛尚在吴興之新政方播升車便道足慰人心固當望風自安計日而理佇洽於爾往宜欽哉

邊鎮節度使起復制

執親之喪三年禮也聖人不得已而奪之金革之事無避權也忠臣不得已而從之某官某握我兵要守在塞門忠勇威惠合以爲用師人悦附戎虜畏服追彼諸部聞其姓名況歲廣屯田日討軍

實載陳遠略方集大勳自羅家艱遽致公政茹荼銜恤已過旬時而軍旅不可以無帥疆埸不可以無主且慮人慢或生戎心蓋臣節大於孝思王事急於情禮捨輕從重徇公滅私變而通之正在於此俾加戎秩用護邊封往服舊職無違朕命

除任迪簡檢校右僕射制

書曰德懋懋官功懋懋賞此先王所以臣飾天下也其有忠勞輸于國惠澤及于人高位厚賞朕無所愛某官任迪簡頃以本鎮元戎來朝俾佐師律實掌留務屬偏裨不軌誘動軍部亂行忏命至于再三而迪簡冒白刃於戎首置赤心於人腹挺身誓衆罔不率逆羣情旣歸因命爲帥況閭閻蕩析倉廩匱竭野有餓殍軍無見粮又能推恩信以結衆心率勤儉以勸生業士旅悅附流庸思歸周月之間泰然安堵開置幕府叶和親鄰俾予無憂時乃之力夫爲將守立功如斯不加爵賞何勸來者建官惟

百端揆長之自非勳賢不在此選以是加等之命寵乃殊常之績俾增威於閫外仍就拜於軍中爾其欽哉無替厥命

除常侍制

某官某往以强毅剛直見稱於時擢在左曹俾之駁議旋以言動小有過差左遷遠藩亦聞有政雖經三黜僅歷二紀而堅直之氣終然不渝人之所難亦足嘉尚宜可束帶立之于朝正色讜言時有所取俾登西掖仍珥右貂從容前後以備顧問

除裴武太府卿制

聚九州之賦辯百貨之名梭其度程謹其出納孰爲主者外府上卿務郎秩崇不易其選某官裴武有通敏之識有倚辯之才以玆器用早膺任使小大之務罔不勵精累有勤績存乎官次而受藏之府國用所資苟非使能何以集事俾昇顯列仍委劇務爾宜率其官屬欽乃職司會稽藏出入之要修權量平校之法

以遵成式無使改易謹而守之斯爲稱職

白氏文集卷第五十四

白氏文集卷第五十五

翰林制詔二 凡四十三首

杜佑致仕制

鄭涵等太常博士制

除韓臯東都留守制

中書舍人韋貫之授禮部侍郎制

薛存誠除御史中丞制

前長安縣令許季同除刑部郎中前萬年縣令

杜羔除戶部郎中制

京兆少尹辛秘可汝州刺史制

除李遜京兆尹制

除孔戣等官制

除劉伯芻虢州刺史制

除周懷義豐州刺史天德軍使制

除王某魏博節度使制

除薛平鄭滑節度使制

除盧士玫劉從周等官制

張正一致仕制

張正甫蘇州刺史制

崔淸晉州刺史制

除柳公綽御史中丞制

除田興工部尚書魏博節度使制

張聿都水使者制

薛伾鄜坊觀察使制

韓愈比部郎中史館修撰制

李暈安州刺史制

竇易直給事中制

孟簡賜紫金魚袋制

盧元輔杭州刺史制

錢徽司封郎中知制誥制

獨孤郁司勳郎中知制誥制

杜佑致仕制

勅盡悴事君明哲保身進退始終不失其道自非賢達孰能兼之司徒同平章事杜佑以長才名略爲國元臣歷事四朝殆逾三紀出專征鎮爲諸侯帥入賛台衮爲王室輔嘉猷茂績中外洽

聞寵任既崇勤勞亦至頃以年登致仕退請懸車方深倚注久未
得謝勉就牽率迨玆累年今抗跡披誠至于數四敦諭頗切陳乞
彌堅期於必遂理不可奪守沖知止佑實有焉賢哉大夫今古
同道宜從優異之命式表褒崇之禮尚資耆望俾傅東朝可太
子太師致仕如天氣晴和亦任朝謁昔祁奚申叔皆就請老國有
大事入議否臧忠臣愛君豈必在位永觀前事期副玆懷

鄭涵等大常博士制

某官鄭涵等並早以文行久從吏職葦沭之閒頗爲淹滯況雅
有學識進修不已禮官方缺宜當此選凡朝廷禮制或損益有
疑中外謚議或褒貶不決爾爲博士皆得正之所任非輕各欽乃
事並可太常博士

除韓皐東都留守制

國之都府半在東周未遑時巡方委留鎮非位望崇盛加之勤

舊者則不足以允僉屬而副重寄也刑部尚書韓皐名德之後蘊藝然公才正行通規貫于終始累遷臺府遥鎮藩維入修職業出樹風聲故事遺愛著聞中外况一登朝序殆三十年舊德者望無居其右俾乂東夏僉以爲然乃加冢卿以示崇寵敬服嘉命永孚于休可檢校吏部尚書東都留守

中書舍人韋貫之授禮部侍郎制

典郊祀之禮獻賢能之書今小宗伯實兼二事非貞清明正者不足以處之中書舍人韋貫之沈實賢峻文以禮樂行成於内移用於官公直之聲滿於臺閣頃以詞藻選登禁掖秉筆書命時稱得人久積勤勞宜有遷轉可使典禮以和神人可使考文以第俊秀乃儀曹之選僉議所歸往修乃官無替厥問可禮部侍郎餘如故

薛存誠除御史中丞制

庶官之政得人則舉況中執憲準繩之司所以提振紀綱端肅內外蓋一職修者其斯任之謂歟給事中薛存誠選自郎署列于左曹居必靜專言皆讜正章疏駁議多所忠益可以執憲立于朝端況副相方敕臺綱是領糾正百官爾得專之夫直而不絞威而不猛不附上以急下不犯弱以違強率是而行号為稱職欽服斯命往其懋哉可御史中丞餘如故

前長安縣令許季同除刑部郎中前萬年縣令杜羔除戶部郎中制

前長安縣令許季同前萬年縣令杜羔等頃自郎署分宰京邑而長吏待之小乖常禮雖同辭託故動未得中然遠恥以退道不失正各從免職亦既踰時況文行政能皆推於衆詢諸時議宜有遷授尚書郎敕方選才良憲部人曹俾膺並命季同可刑部郎中羔可戶部郎中

京兆少尹辛秘可汝州刺史制

京兆少尹辛秘頃守吳興時逢擾亂安人殄寇節効可稱出倅戎車入貳京輦亦有政績著于官常今以汝汾軍郡之大方求良吏委之分憂詢事考能爾當其選往即乃土以舒吾人可汝州刺史

除李遜京兆尹制

近歲京兆長吏數遷誠不便時抑有其故人鈐鍵不謹吏掾爲姦或鉤距太煩人受其弊既非中道皆不得已而罷之宜求恬智寬猛相濟者親諭斯言使久於其職以息吾人浙江東道觀察使御史中丞李遜十年以來連守四郡或紛擾之際或荒饉之餘威惠所加罔不和輯賞其殊績擢在大藩自臨會稽一如舊政況省科禁以便俗通律梁以息征動遵詔條深副朝言江南列鎮良師則多集課程功爾爲稱首而內史之選久難其人今予所求唯爾可使雖表率州部其委非輕然尹正京師所資尤急宜輟材於浩壤

佇觀政於輦轂望爾有成無替厥命可權知京兆尹

除孔戣等官制

渾金璞玉方圭圓珠雖性異質殊皆國寶也是故能官人者亦辯而用之諫議大夫孔戣靜專貞白不涉聲利執言守事無所依違駕部郎中薛存誠廉潔直方飭以詞藻中立不倚介然風規吏部員外郎王涯端明精實加之以敏懿文茂學尤推於時並歷踐朝行恪勤官次諫垣郎署藹其休聲宜加公獎擢在近侍左右禁闥可以同升必能評奏臺議發揚綸誥臨事有立屬詞可觀各隨所長分命以職祗奉乃事無替厥猷戣存誠並可給事中涯可兵部員外郎知制誥

除李建吏部員外郎制

六官之屬選部郎首之歷代以來諸曹郎之中擇其踐歷名考第高加以有器局律度者遷焉今之選任亦由是矣兵部員外郎

李建文行才理公勤課績可謂具美宜居厥官歲調方郎勉勤爾事可吏部員外郎

除劉伯芻虢州刺史制

給事中劉伯芻以文雅才名給事左闥實掌駁議再逾歲時亦謂恪勤宜從遷轉而虢略近郡黎人未康藉爾良能為予撫字懸賞貟行効勉哉是行可授虢州刺史

除周懷義豐州刺史天德軍使

西受降城尤居邊要西戎北虜介乎其閒委之郡符建以戎號將守之選宜乎得人前汝州刺史周懷義久列禁衛嘗從征伐又領軍郡率著勤功宜加獎用可屬亭憂寄況茲要鎮實扼戎吭掎角諸軍扃鐍右地牧人訓旅兼領非輕無替前勞在申後効可豐州刺史天德軍使

除某官王某魏博節度使制

師長之選重難其人況河上列城鄴中雄鎮初喪良帥思安衆心若
親與仁方膺是命某官王某出忠入孝根乎至性好學樂善出於
餘力發自修巳施于爲政可以守土可以長人今兩河之間三軍乏
帥是用命爾領玆大藩澄淸魏風輯理相土爲我垣翰永孚于休
往其欽哉無替厥職可魏博等州節度觀察使

除某節度留後起復制

懋勳德者慶鍾于嗣襲忠順者敎本于親於是乎有代及之
恩有賞延之命所以光子道而激臣節也玆惟舊典可舉而行
某官某惟乃祖父勤勞王家咸有忠功書于甲令降及於爾亦
克負荷早承義訓久倅戎麾自罹憫凶能著成蹟恭俟朝命
靖安人心雖在幼冲足可嘉獎今屬元戎初喪衆望顒然宜選親
賢以爲統帥留府之事俾爾專之加戎秩以奪哀遷冬卿以示
寵奉揚新命無忘前修爾宜懋哉懸賞佇效可節度留後檢校

工部尚書

除薛平鄭滑節度制

武牢以東至于白馬形制之地水陸之會宜擇文武兼備者以爲守臣右衛將軍薛平自司禁旅爲我爪牙訓整警巡能宣其力嘗使于絶國可謂有勞嘗牧于大郡亦聞有政況忠厚爲質通明爲用秉吏道之刀尺襲將門之弓裘可以爲三軍之帥可以理千乘之賦俾輟才於北落往節制於東方爾宜式遏四封輯寧百衆明簡稽以寘軍旅信賞罰以勸吏人勉率乃職無忝厥命仍以冬卿副相兼而寵之可檢校工部尚書兼御史大夫

除盧士玫劉從周等官制

君有舉左史得書之政有闕諫官得補之二職者歷朝之清選也前侍御盧士玫嘗在西川時爲從事亂危潛伏能潔其身前監察御史劉從周頃佐宣城奉公守政端士之操終然不渝

時所稱論並宜甄奬况學術詞藻見推於衆並命淸貫僉以爲宜
記事盡規各佇能効士玫可起居郎從周可右補闕

張正一致仕制

前諫議大夫張正一學行器用爲時所稱擢居諫官寔効忠讜
雖年齒未暮而衰疾有加所宜頤養不可牽率俾移優秩以
從致政可國子司業致仕

張正甫蘇州刺史制

浙右列城吳郡爲大地廣人庶舊稱難理多選他部二千石之
良者轉而遷焉鄧州刺史張正甫自領南陽僅經三載廉平
淸簡以臨其人人安政和理行第一宜以大郡推而廣之用旌前
勞且佇來効可蘇州刺史

崔淸晉州刺史制

左司郎中崔淸以才良行敏補尚書郎頗積公勤宜加奬任頃

嘗爲郡亦聞有政平陽舊壤時謂名藩得才與能方可共理安人訓俗佇有成績可晉州刺史

除柳公綽御史中丞制

中憲之設糾謬懲違一引其綱百職具舉非清與直不稱厥官諫議大夫柳公綽忠實有常文以詞學介然端直有古之遺風頃居臺憲累次郎位持平守正人頗稱之擢首諫司器望益重今副相數位中司專席惟有守者可以執憲惟無私者可以閑邪詢事審官爾當是選 光昭新命振起舊章宜一乃心以揚其職可御史中丞

除田興工部尚書魏博節度制

馭下安人其道不一或序能以次用或因効以拔才所命雖殊同歸共理某職某官田興時屬本軍初喪戎帥亂政或啓群心不寧而興列在偏裨奮其義勇謀成必中事至能斷智略所及指

麾所加一軍獲安百衆悦附連獻章疏恭侯制命有節有禮朕用嘉之夫以將材如彼軍情若此元膺不次之舉可責非常之功是用寵之冬卿擢爲大將仍以印綬就拜軍中行乎敬之哉無墮乃力可檢校工部尚書兼御史大夫魏博等州節度觀察等使

除鄭餘慶太子少傅制

東朝三少歷代重選不必備位在乎得人吏部尚書鄭餘慶貞明儉素有古人風發自修身施於爲政出入中外多歷要重咸有勤績存于官次況動中禮法學綜儒玄是謂羽儀之臣可居師傅之任輔我元子爾其勉歟可太子少傅

除裴堪江西觀察使制

江西七郡列邑數十土沃人庶今之奥區財賦孔殷國用所繫兹爲重寄宜付長才同州刺史裴堪素蘊器幹久經任遇日者資其忠諒入爲諫議大夫藉其良能出爲左馮翊曾未周歲政立績成

區區一郡未盡其用鍾陵要鎮可以委之夫簡其條章平其賦役徇公率正以臨其人而人不安未之有也祗服厥命往修乃官仍兼中憲以示優寵可江西觀察使兼御史中丞

贈杜佑太尉制

生有爵祿歿有褒贈此王者所以崇哀榮之禮厚君臣之恩況有輔臣所宜加等某官致仕佑以通濟之才公忠之節逢時入用爲國大臣外領藩鎮內叅台鉉積勤盡悴迨過三紀左右于位亦旣八年天不慭遺奪我元老憫然興歎寔軫于懷永言褒榮俾峻禮命上公之秩用賁幽靈嗚呼錄舊旌勞粲予不忘可贈太尉

除孔戢萬年縣令制

京邑令長多擇尚書郎有才理者補之兵部員外郎孔戢自御史府遷夏官之屬凡所莅職一心奉公在郎署間稱有名實加以文學緣飾吏能俾宰京劇佇有成効

除裴向同州刺史制

馮翊之地密迩郊畿分内史之政參京師之化俾善所職其在得人京兆少尹裴向器藴利用學通政事久試吏治頗著良能累守大郡入亞天府奉上撫下皆有可稱左輔之重尔膺其選況征賦猶重人庶未康實望良才與之共治勉副所舉往修厥官可同州刺史

除武元衡門下侍郎平章事制

朕嗣守丕業將十年實頼一二輔臣與之共治故外鎮方域則仗以爲將有絳侯厚重之質有邴吉寛大之風自登台司克厭人望頃屬巴蜀軍後人殘權委節旄俾往鎮撫信及夷貊恩加疲瘵每因利以施惠不易俗而修教政無苟得人用便安惠茲一方時乃之績報政既久屬望益深宜歸左輔以叅大政夫坦然公道可以叙衆才曠然虛懷可以應羣務弼違救失不以尤悔

爲慮進善懲惡不以親讎疏嫌用此輔君足爲名相欽率是道往復乃官可門下侍郎同中書門下平章事

除李夷簡西川節度使制

征鎮之大實惟蜀川西距于戎南漸于海有重江複山之險有長轂堅甲之旅水陸交會華夷雜居疇能治之我有良帥山南東道節度使某官李夷簡以正事上以簡臨下伏兹器用累當任遇執憲之難也尔爲臺丞其職甚舉司計之重也尔調邦賦其効可稱爰資長才出領重鎮自揔符鉞于漢之南專奉詔條削去弊政均穀籍不一之賦罷舟車無名之征近悅遠來歸如流水俗用丕變人迄小康三載考功尔爲稱首進其若秩遷于大藩以均惠乎四方以旌勸乎羣吏昔文翁明於教化种暠優於政能巴蜀之間遺美猶在不替前効可以嗣之佇聞有成用光厥命可檢校吏部尚書劍南西川節度等使

除袁滋襄陽節度制

漢以二千石之良者入為公卿周以六官之賢者出兼侯伯內外之任所命則殊至於治軍國寵忠賢其致一也戶部尚書袁滋奉上甚勤臨下甚簡安人附衆尤是所長須資其能移鎮東郡略其科禁緩其征徭政不滋彰人用休息在部七載績成課高璽書徵還益聞遺愛老幼遮道事鄰古人朕方勤卹疲民褒奬循吏累月再命其有言哉舉鄭滑之政也故旌武公之美寵以司徒憂襄漢之人也故仗叔子之才委茲征鎮類能而使其在此乎勉揚厥聲無替前効可某官山南東道節度等使

歸登右常侍制

近侍之列騎省為貴歷代迄今選任頗重必詢望實而後命之工部侍郎歸登朴中沈厚心無詭詐介圭不飾止水無波澹然自居以致名稱抱此素行歷踐清貫掌議左掖貳職冬官歲時滋深

體望益茂可以備顧問應對之選列言語侍從之臣冠附
貂蟬立之于右訪諸時論僉以爲然可右散騎常侍

李程行軍司馬制

隋州刺史李程頃自周行出分憂寄漢南大郡守之五年頗著良能宜當選擬況專習文學通知兵事西南重鎮初委元戎愼選副車尔當此舉三軍之重俾往貳之仍加憲職以示優寵可御史中丞劒南西川行軍司馬

李翺虞部郎中制

金州刺史李翺雅有文藝飾以政事早從吏職久領郡符謹愼廉平頗副所任虞曹郎缺命以序遷敬茲寵名勉守厥位可尚書虞部郎中

牛僧孺監察御史制

河南縣尉牛僧孺志行修飾詞學優長頃對策于庭其

言甚直累從吏職頗謂滯淹訪諸時論宜當朝選俾升憲府以觀其才可監察御史

裴克諒量留制

華州刺史奏華陰令裴克諒在官清白奉法考秩向滿其政如初借留三年用觀成績朕方旌求良吏俾養黎元適副所懷宜可其奏

張聿都水使者制

前湖州長史張聿頃以藝文擢升朝列嘗求祿養出署外官名不爲身志亦可尚喪期既畢班序當遷俾領水衡以從優秩可都水使者

薛伾鄜坊觀察使制

鄜時延安抵于中部羌夷種落散在其間戎夏雜居易擾難理宜選寬明之使通知邊事者委以符節而糾綏之右

金吾將軍薛伾服勤戎職練達吏道出入中外綿歷歲年能一乃心以宣其力自加寵遇再執金吾徼巡有嚴夙夜匪懈在公若是何用不臧況爲人沉靜內肅外和按俗守封是其所善宜輟務於誰何俾宣風於廉察庶乎勞佚諸部綱紀列城奉詔條以安人參戎索以訓旅欽承厥命往復乃官仍踐冬卿式光重寄可檢校工部尚書充鄜坊等州觀察使

韓愈比部郎中史館修撰制

大學博士韓愈學術精博文力雄健立詞措意有班馬之風求之一時甚不易得加以性方道直介然有守不交勢利自致名望可使執簡列爲史官記事書法必無所苟仍遷郞位用示褒升可依前件

李暈安州刺史制

宿州刺史李暈勳閥之門嗣生才略久參戎衛頗著勤勞

試守列城觀其爲政屬汴泗之右劇畫州居府署城池委之經始一日必葺三年有成且聞公勤宜有遷轉重分憂寄再佇良能往安吾人無忝厥命可安州刺史

竇易直給事中制

前御史中丞竇易直器質識智厚重開敏文合法要學通政經累踐臺郎擢司邦憲寬猛舉措甚得其中官不易方府無留事前因病免今以才遷俾升瑣闈以備顧問夫制令奏議官獄典章苟有依違皆得駁正所任不細宜欽乃官可給事中

孟簡賜紫金魚袋制

漢制二千石有政績者就加寵命不即改移蓋欲使吏久於官人安其化也常州刺史孟簡簡易勤儉以養其人政不至嚴心未嘗怠曾未再稔績立風行歲課郡政毗陵爲冣方

求共理實獲我心宜加命服以示旌寵庶俾群吏聞而勸焉宜賜紫金魚袋

盧元輔杭州刺史制

河南縣令盧元輔早以學藝列在周行嘗守商都頗聞有政再領京縣益見其才江南列郡餘杭爲大征賦猶重疲人未康藉爾登車往分憂矚勞俫安輯稱朕意焉懸賞旌能以佇報政可杭州刺史

錢徽司封郎中知制誥制

中臺草奏内庭掌文西掖書命皆難其人也非慎行敏識茂學懿文四者兼之則不在此選祠部郎中翰林學士錢徽藹然儒風粲然詞藻縝密若玉端直如弦自參禁司益播其美貞方敬慎久而彌彰應對必見於據經奏議多聞於削藁迨今六載其道如初嘉其忠勤宜有遷擢俾轉郎

吏仍參綸閣茲乃榮奬尔其欽承可依前件

獨孤郁司勳郎中知制誥制

考功員外郎知制誥獨孤郁學識文行時論所推選自外郎擢居右闈綸言樞命既重且推委以發揮甚聞稱職而端諒忠謹介然自居爲臣若斯足可嘉奬官當滿歲職亦逾年宜從美遷以光近侍可司勳郎中知制誥

白氏文集卷第五十五

白氏文集卷第五十六

翰林制詔三　勑書批荅祭文贊文附　凡五十五首

荅裴垍謝銀青光祿大夫兵部尚書表

與劉緫詔

與房式詔

與盧恒卿詔

與新羅王金重熙等書

荅文武百寮嚴綬等賀御製新譯大乘本生心地觀經序表

荅孟簡蕭俛等賀御制新譯大乘本生心地觀經序狀

荅元應授岳鄂觀察使謝上表

荅李鄘授淮南節度使謝上表

畫大羅天尊贊 幷序

已上五十五首

王承宗詔

勑王承宗朕臨馭天下及此五年三叛誅夷四方清泰不以武功自負常推恩信爲先尒父云亡即欲命卿受詔而遠近方鎮内外人情紛然奏陳皆云不可朕以卿累代積勳賢之業一門有忠義之風功著艱危恩連姻戚雖中心是念而衆請難違可否之間久不能決然亦欲觀卿進退之禮察卿忠孝之心卿自罹憫凶屬經時月待使臣而動皆得禮奏章疏而言必由衷請獻官負願輸貢賦而又上陳密欵遠達深誠潔身而謀出三軍損己而讓推二郡斯有以得臣子之大節知君親之大恩卿心既然朕意亦定特加新命仍撫舊封今授卿起復左金吾衛大將軍檢校工部尚書充成德軍節度使恒州刺史恒冀深趙等州觀察等使兼御史大夫仍賜上柱國并賜告身旌節等往想卿忠孝哀感兼深其德棣兩州以卿進讓元欲於

卿親屬之內選授一人在法雖有推恩相時亦恐非便今所以
除薛昌朝德棣兩州觀察使昌朝昔嘗事卿先父今又與卿親
隣卿宜具以誠懷令報昌朝知委卿今授命之後足得節制三
軍使其不失事宜方見卿之忠藎昨者衆情易惑非卿不能
効此誠群議難排非朕不能斷此意所宜保持大義勉勵遠圖
深念斯言永副予望其當軍大將已下各宜特與改轉卿即條
録聞奏其官健等亦宜量加優賞想宜知悉

荅李遜等謝恩令附入屬籍表

卿先父頃逢多難嘗立大功每想忠勞豈忘存歿念先臣之績
雖書名於太常推同姓之恩更附籍於宗正俾增榮於一族
兼延寵於九原卿等或詩禮承家或弓裘奉業咸鍾新命慶
屬本枝省所謝陳深嘉誠懇

祭盧虔文

維元和四年歲次巳丑七月日皇帝遣某官某以清酌庶羞之奠致祭于故祕書監贈兵部尚書盧虔之靈惟尒質性端和風猷茂遠名因文著位以才升秉大節而事君始終一致陳義方而訓子忠孝兩全甲族推華士林增美乆在貂蟬之列近遷圖籍之司方延寵光遽閟幽穸褒奬之命雖巳表於哀榮遣奠之恩宜再申於軫悼魂兮不昧鑒此誠懷尚饗

批李夷簡賀御撰君臣事跡屏風表

朕思求理化親閱典墳至於去邪納諫之規勤政慎兵之誡取而作鑒書以爲屏與其散在圖書心存而景慕不若列之繪素目覩而躬行庶將爲後事之師不獨觀古人之象卿詞彰恭順義見忠規省覽再三深叶朕意所賀知

批百寮嚴綬等賀御撰屏風表

朕烈祖太宗以古爲鏡用輔明聖實臻理平垂作孫謀每懼

乎失墜取爲帑鑒遂飾丹青至若明君直臣前言往事森然在目如見其人論列是非旣庶幾爲座隅之誡發揮獻納亦足以開臣下之心況卿等職在儀形政當補察各勤所任共副茲懷所賀知

荅杜兼謝授河南尹表

卿文通吏道學達政源凡歷官常輒聞績効觀能以授俾亞理於三川見可而遷宜專臨其一府盡委封畿之政仍兼運漕之權歲時之間佇有勤効勉恭尔職重副予懷所謝知

與茂昭詔

勑茂昭盧校等至省所奏恒州事宜并別論請陳獻者具悉卿望重勳賢寄崇藩鎮謀叅廟筭寵接國姻累上表章繼陳誠欵永言智略已見匡濟之才載念公忠益表

感知之志若非勞瘁憂國義勇忘家則丹赤之心不能至此想風興歎至于再三所緣恒州事宜朕亦思之甚熟但以武俊率身仗順於國有功忠勳所延宜及後嗣承宗又密陳深款遠獻忠誠既念舊勞已降成命計其奉詔必合感恩如或乖違續有商議卿宜以睦隣爲事體國爲心想卿誠懷當悉朕意

與師道詔

敕師道省表具悉卿業重相門位崇戎閫忠輸于國行著于家久而益彰吉嘉歎無已所奏云兄師古請列于私廟昭穆者此乃心推孝友誠切恭敬覽表見情深足嘉尚但以祠廟所見貴於禮成師古雖則始營至卿方行祔禮即卿爲廟主固合其宜況師古爵位尊崇弘選自合祔廟別立祠宇使其主之奉以蒸嘗亦非乏祀也已令

有司重議如此頗謂得中且叶禮經卿宜知悉

與於陵詔

勑於陵省所賀安南破環王國賊帥李樂山等三萬人者具悉卿蠻夷犯疆方鎮致討兇徒喪敗荒徼清平卿素蘊忠誠又連封壤疾既同於山藪勢益壯於輔車想聞捷書當倍慰愜載省所賀深見乃懷

荅段祐等賀冊皇太子禮畢表

朕祗膺統序恭守典常爰推至公乃命長子使主國鬯用貞邦家冊畢禮成良增感慶卿等各司軍衛同奉表章備見忠誠益深嘉歎所賀知

荅李詞賀處分王士則等德音表

朕臨馭天下以懲勸為先有惡必誅無功不念顧承宗之罪誠合討除思武俊之勲宜令嗣襲況墳墓禁其剪伐

將校許以歸降厥明用師蓋非獲已卿職修卿寺誠奉本
校省兹賀章備見忠盡

與吐蕃宰相鉢闡布勑書

勑吐蕃宰相沙門鉢闡布論與勃藏至省表及進奉具悉卿器識通明藻行精潔以爲真實合性忠信立誠故能輔賛大蕃叶和上國弘清淨之敎思安邊陲廣慈悲之心令息兵甲既表卿之遠略亦得國之良圖況朕與彼蕃代爲甥舅兩推誠信共保始終覽卿奏章遠叶朕意披閲嘉歎至于再三所議割還安樂秦原等三州事宜已具前書非不周細及省來表似未指明將期事無後艱必在言有先定今信使往來無壅疆埸彼此不侵雖未申以會盟亦足稱爲和好必欲復修信誓即須重書封疆雖兩國盟約之言積年未定但三州交割之後尅日可期朕之衷情卿之志

願俱在於此豈不勉歟又緣自議三州已來此亦未發專使令者贊普來意欲以再審此言故遣信臣往諭誠意即不假別使更到東軍此使已後應緣盟約之事如其間節目未盡更要商量卿但與鳳翔節度使計會此已處分令其奏聞則道路非遥往來甚易頗爲便近亦冀速成更待要約之言皆已指定封疆之事保無改移即蕃漢俱遣重臣然後各將成命事關久遠理貴分明想卿通才當稱朕意曩者鄭叔矩路泌因平涼盟會没落蕃中比知叔矩已亡路泌見在念兹存没每用惻然今既約以通和路泌合歸國叔矩骸骨亦合送還表明信誠兼亦在此其論與敦藏等尋到鳳翔舊例未進表函節度不敢聞奏自取停滯非此稽留昨者方進表函旋令召對令便發遣更不遲廻仍令與祠部郎中兼御史中丞徐復及中使劉文璨等同往其餘

事宜已具與贊普書內卿宜審於謀議速副誠懷兼有少
信物賜卿具如别録至宜領也冬寒卿比平安好遣書指不多及

與希朝詔

勑希朝省所奏請自部領當道兵馬一萬五千人取蔚
州路赴行營并奏土門及承天軍各添兵士備禦者具
悉卿武毅雄才忠貞大節出爲良將倚作信臣約已徇
公忘身許國忿違命不恭之寇激勤王自効之心親統鋭
師率先群帥況又周知要害備設防虞計其威聲已振兇
醜有臣如此朕復何憂佇建殊功以副深望所有動靜宜數
奏聞想當知悉

與師道詔

勑師道朱何至省所奏當道赴行營兵馬取正月過渡河
逐便攻討并奏兵馬出界後請自供一月粮料又奏待收

下城邑若有軍粮一月巳後續更支計并陳謝慰問者具悉卿文武間生忠貞特立動有所効知無不爲昨獻帛助軍極盈數於万疋今又賫粮出境減經費於三旬此乃力之所任無不罄竭慮之所及無不經營因時見憂國之心臨事識忠臣之節詔書慰諭未盡朕懷章疏謝陳益嘉乃志再三興歎寤寐難忘其所奏聞並依來表想宜知悉

與劉濟詔

勑劉濟李皐至省表及露布十二月十七日劉緄部領當道行營兵馬收下饒陽縣城破賊衆三千人并擒斬將校收獲馬畜器械等兼送賊將朝覆清等四人又進所收饒陽縣等者具悉卿盡忠伐叛發漁陽精銳之師組仗順臨戎討冀方昏狂之寇詔下而父子戮力鼓行而將卒齊心先群帥以啓行首諸軍而告捷連擒逆將併下賊城歸獻罪之俘囚進

已收之縣邑可謂忘身徇國盡禮事君疾風知偃草之志大雪見貞松之節況表章之內益歎恭勤而眷想之間如覩風彩計茲凶醜當已震驚破竹之勢可乘覆巢之期非遠佇清大憝重副深懷其饒陽縣鄉宜且令鎮守稍加存撫用勸將來宋常春卿所密奏具委事情且宜叶和以體朕意故令宣慰想當知悉

祭吴少誠文

維元和五年歲次庚寅二月辛未朔二日壬申皇帝遣內侍省內府局丞賜緋魚袋孫士政以清酌庶羞之奠致祭于故彰義軍節度使贈司徒吴少誠之靈曰惟尔武毅挺質韜鈐拔身負勇果之雄材蓄變通之明識自察廉列郡節制成師貞且有威勤而不擾軍戎輯睦封域底寧從義而致誠仗順而保福既延寵渥方茂輝榮不遽逝此幽淪深用傷悼逝波不捨

去日苦多想松櫝以軫懷聞鼓鼙而興歎恩加追奠禮舉褒崇念尔有靈知予此意尚饗

與季安詔

勑季安省所奏當道行營兵馬今月十七日巳收棗强縣其賊棄城夜走者具悉卿輸忠報國嫉惡忘家遣無敵之師伐不龍奏之寇軍聲遠届先路以風行逆黨潛知棄城而宵遁巳收縣邑益振兵威此皆卿訓練所加指麾有素永言明効實貫屬深懷固可乘勢應機遂便進討以卿忠藎當副朕心

與希朝詔

勑希朝張嘉和至省所奏前月二十六日破逆賊洄湟鎮六千餘人具悉卿親領銳師誓誅逆黨張軍心以吞敵奮士力而指蹤潛戒偏裨先攻險阻伐謀而事有成筭刻日而動不愆期果敗兇徒遂據要地況殺傷既衆收獲頗多益壯軍威

可奪虜氣佇聞掃蕩以慰衷懷

與從史詔

勑從史曹公乂至省所奏今月三日栢鄉縣南破賊衆約三萬人并擒斬首級收獲器械及馬等又奏當軍所傷士馬數并量事優卹事宜具悉卿外揚武略內竭忠謀率有名之師深入其阻遇無狀之寇大挫其鋒兵刃屢加捷書頻至殺傷數廣績效居多非卿悉力摧兇誓忠報國則何能指麾之下動必成功表奏之間事皆審實既光重委益副深懷嘉歎再三不忘寤寐所奏承璀出軍合陣并續發露布事宜具委所陳想當知悉

與季安詔

勑季安許峯至省所奏具悉卿勳親重德台輔元臣竭誠信以戴君弘識度而體國謀能極慮言必盡忠周覽表章益

增寵歎美陟陽自參軍務頗効恭勤豈待奏陳已有處分想宜知悉

與昭義軍將士詔

勑昭義軍節度下將士等卿等當軍將士與諸道不同自經艱難多易將帥而忠順之節未甞有虧朕每思之無時暫忘盧從史爲卿主將作朕藩臣權位尊崇恩寵優厚而乃外示恭順内懷姦邪刻削軍中暴殄境内朕以君臣之道未忍發明爲之含容頗有年月近又苟求起復請討恒州與賊通謀爲國生患自領士馬久屯行營收當軍賞設之資加本道芻粟之估不爲公用盡入私家此則主將之恩於卿何有臣子之分負朕實深卿等辯邪正之兩端識逆順之大義抱忠勇者恥居其下守名節者憤發於中失三軍之心已聞大去犯衆人之怒果見不容逺察事宜備知誠款興言嘉歎至于再三其當軍將士等賞設

已有處分上自將校下及士卒各勵尓志再思朕言卿等承前已來常保忠貞之節自今已後永爲心腹之軍宜念始終副兹矚望故今宣慰宜並悉之夏熱卿等各得平安

與承璀詔

勑承璀卿揔領禁軍控臨戎境見敵毎彰其勇敢因事益表其忠勤言念在懷發於寤歎昭義軍將士等去邪遠惡仗義保忠統其成師宜得良帥孟元陽夙懷武毅累著功庸威名甚彰人望所屬以之爲帥必愜軍情以之討賊必有勲績今授元陽檢校尚書右僕射充昭義軍節度等使未到行營間其昭義軍卿宜切加宣撫務使安寧烏重胤職在偏裨保於忠正宜從奬擢以表殊恩今授烏重胤河陽節度使兼御史大夫卿亦宜諭此恩意令知朕心兼恐河陽無人速宜進發想當知悉

與元陽詔

勑元陽澤潞全軍方討恒冀盧從史虧失大節苞藏二心姦迹邪謀日已自露軍情物議俱所不容尋追赴朝今已在道朕以昭義將士忠順成風況在行營久勤戎事今欲使其戰者奮發居者悅安共成大功必在良帥以卿有滏水之勲效有河陽之政令思之甚熟無以易卿宜領重藩仍遷崇秩今授卿檢校尚書右僕射充澤潞節度等使并賜旌節告身等往卿宜速發先到潞府上訖便赴行營慰安軍心宜諭朕意烏重胤徇忠守節宜加獎用今便授重胤河陽節度使兼御史大夫想宜知悉

與昭義軍將士勑書

勑昭義軍節度下將士等卿等久在行營乍無主將而士旅輯睦軍壘安寧足彰守正之心尤見盡忠之節以此歎矚勞於寤寐興言孟元陽是朕信臣為國良將威略可以懾兇孽慈和可

以牧師人累著忠勤克諧朕命爲其主帥必副羣情況卿等同嫉姦邪久困貪暴宜以仁賢之帥撫卿忠義之軍靖思元陽無出其右今授元陽檢校尚書右僕射充卿等當道節度使勉同王事以慰朕懷烏重胤特效忠誠深宜奬擢今便授河陽節度使兼御史大夫故令宣慰並宜知悉

與師道詔

勑師道林英至省所陳奏并進王承宗與卿書者具悉王承宗童騃無知凶頑有素雖藉祖父之寵曾微分寸之勞但以武俊勳在冊書姻連戚屬朕獨排羣議特降殊私未卒父喪使承祖業即加新命仍撫舊封則朕於承宗恩亦至矣而僞陳誠款欺誑使臣假託軍情拒違詔命則承宗於朕罪莫大焉悖禮亂心暴於天下此乃承宗干國家之紀非朕忘武俊之功遂至用師蓋非獲已仍開生路許以自新而梟音不悛鴟張益熾人

情共棄國典不容在於朕心安敢輕捨卿既膺注意義感酬恩所獻表章具已詳覽見慮深遠計詞切讜言在忠謀而則然於事體而未可誠嘉勤至難允懇懷今諸道將帥親領士馬深入寇境頻奏捷書四面合圍一心旅進窮迫已甚覆滅非遥況卿同遣師徒已收縣邑冀清氛孽佇見功名勉於令圖副此矚望

與師道詔

勅師道任文質至省表具悉盧從史頃者請率全師誓清妖孽朕推誠待物許之不疑而背恩於上結怨於下邪謀貳志日以彰聞虧大節而自絕於君積羣怒而不容於衆因以邀命幸而脫身屈法申恩已有處分昨者詔旨已明示卿卿體國為心事君盡力固宜有聞必薦有見必陳竭其忠諒之誠濟其獻替之美省閱章奏嘉歎良多

與茂昭書

勅茂昭王日與至省所奏今月十八日大破賊衆一萬七千人并擒斬收獲訖者具悉卿親率勁卒誓平妖寇竭股肱之力中有奇謀勵父子之軍前無强敵故能深入賊境大破兇徒殺傷既多俘獲亦廣具詳奏報備見忠勞眷矚之懷發於寤歎將士等各懷勇烈同忿寇讎激於衆心致此殊効況荷戈於炎暑之際奮身於鋒刃之間永念於兹未嘗暫忘故令宣慰宜並悉之

與昭義節度親事將士等書

勅昭義軍節度下親事將士等盧從史受恩至重負國至多衆所不容追令赴闕朕以悮曾任使貴全始終今則止於貶官此蓋曲從寬典卿等抱忠懷義朕所素知頃以諸營同事從史三軍一體俱是王臣既不相干又能自効朕方優賞以酬功勳何至不安有此疑懼必恐從史已追之後元陽未到之間卿等當

營乍無主將或被外人扇誘令衆意憂疑勢使之然事非獲
已朕雖在此遠有軍情料卿本心必無此意況元陽勤儉恤下
寛厚愛人久在河陽甚近澤潞元陽臧否卿等合諳以卿忠義
之軍故擇仁賢爲帥已有詔示宣諭元陽若到行營一無所問
乃至將士家口亦令優卹安存卿復何憂必得其所況昭義將
士艱難已來保守忠貞未嘗虧失天下稱歎卿亦自知又卿父母
妻兒家田墳墓一物已上並在潞州頃刻之閒豈忍便棄朕之此
語卿宜細思各相勉諭同保忠順計元陽已合到彼卿等便取
元陽指麾想卿等心必副朕意故令宣慰宜並悉知

與執恭詔

勑執恭王克謹至省所奏今月八日進收平昌縣已令鎮守并
奏劉濟欲與卿約義事者具悉卿奉辭伐罪仗節啓行指
顧偏裨收復城邑已令鎮備兼務緝綏威惠之方既明弔伐

之義斯在永言倚任彌注衷情劉濟將相大臣與卿先父同列欲求契約固合允從豈唯繼好私情亦足叶心王事載省來奏深鑒乃誠至於寢興不忘嘉矚

與恒州節度下將士書

勑成德軍節度下將士等朕以王者之道與物無私若違命執迷則罔有容捨若知非改悔則無不含弘不窮無告之人不塞自新之路頃屬姦臣從史謀（犯御名）異端致使恒陽隔於恩外六郡之地皆廢農桑三軍之人並懼鋒鏑每一念至中心憫然今卿等繼獻表章遠輸誠款省承宗之勤懇難沮其情思武俊之功勞不能無念況事因詿誤而理可哀矜今已降制書各從洗雪承宗仍復舊官爵充恒冀深趙德棣六州觀察使成德軍節度使將士等官爵賞賁封並宜仍舊以待之如初卿等各宜叶力同心知恩感德共保終始稱朕意焉故

令宣慰宜並知悉

與承宗詔

勑承宗頃者盧從史苞藏姦詐矯示公忠下誣物情上惑朝聽使卿陷於違命使朕至於用兵交亂君臣罪有所在今從史已正刑典遠棄驩州（犯諱名）亂者既就屏除誘陷者自宜明白況卿代連姻戚朕豈不思祖有功勞朕豈不念事不得已勢至如斯棄絶已來常懷憫惻卿今既陳章疏懇欵表誠請進官員願修貢賦措心以納款歸罪而責躬情可哀憐法存開釋朕託于人上及茲六載軆天地含弘之德厚君臣終始之恩常以人安爲心豈欲一物失其所今所以開獨見之路降非常之恩卿及將士等已具制書並從洗滌卿仍復舊官爵便充恒冀深趙德棣等州節度觀察等使并賜旌節告身等往爵土仍舊君臣如初想卿中懷當自知感所宜追補前悔勉

勤後圖夙夜思之永副朕意想當知悉

批宰相賀赦王承宗表

先臣武俊功不可忘後嗣承宗過而能改朕所以捨其罪悔議以勳親垂宥過之恩尚宜及尔十代引泣辜之責誠在予一人與其黷武而取威不若匿瑕而務德卿等重居台輔密賛謀猷發於衷誠有此稱賀省閱章奏嘉歎久之

與劉濟詔

勑劉濟省所謝男緄及孫景震等授官并謝賜器仗弓甲刀斧等者具悉卿文武全才將相重任本於忠諒成此勳勞尚德尊賢位已極於台輔念功懋賞寵宜及於子孫時論允歸朝章斯舉至於出茲戎器賜我元臣但可以申朕恩私未足以表卿功績載臨覽來表備見乃誠併此謝陳益嘉勤盡

代王佖荅吐蕃北道節度論賛勃藏書 奉勑撰

大唐朔方靈鹽豐等州節度使撿校户部尚書寧塞郡王王佖致書大蕃河西北道節度使論公麾下遠辱來書兼蒙厚貺慰悚之至難述所懷國家與彼蕃代爲舅甥日洽恩信雖云兩國實若一家遂令疆場之臣得以書信相問況麾下以公忠之節雄勇之才翊佐大邦經略北道佖近蒙制命守在邊陲慰望之情一二難盡皇帝以賛普頻遣和使懇求通好凡此邊鎮皆奉朝章但令慎守封陲不許取令侵軼至於事理彼此宜然且如党項久居漢界曾無征稅既感恩德未嘗動搖然雖懷此撫循亦聞闚彼財貨亡命而去獲利而歸但恐彼蕃不知大爲党項所賣其中亦聞誘致事甚分明不能縷陳計已深悉今請去而勿誘來而勿容不失兩境之歡不傷二國之好在此誠爲小事於彼即是遠謀幸履坦途勿遵邪徑今聖上德柔四海威乃萬方雖外國蠻夷尚皆率伏況中華臣妾敢有不

恭豈假彼蕃欲相借助誠愧厚意終訝過言承去年出師討逐迴紇其間勝負此亦備知不勞來書遠相示及所蒙寄贈並已檢到從爲邊須守常規馬及胡瓶依命已授其迴紇塋口緣此無此例未奉進止不敢便留今卻分付來人至彼望垂檢領有少荅信具如別數幸恕寡薄也初秋尚熱惟所履珍和謹因譯語官馬屈林恭迴不具從白

與吉甫詔

勑吉甫韓用政至省所奏陳謝具悉卿忠貞立身文武爲德志惟經國謀不忘君才可以雄鎮方隅故委之外閫智可以密參帷幄故任以中樞而能一其衷心再有沖讓雖勞謙弥切每陳丹府之誠而憂寄方深難輟紫垣之務勉諭已伸於前詔忠勤載露於來章今征討已停方隅稍泰克清之日雖則不遑難奪之心亦宜且抑重此宣諭當體朕懷是推至公

頒有陳謝

與吐蕃宰相尚綺心兒等書

勑吐蕃宰相尚綺心兒等論思諾悉至省表并進奉具悉卿等才器特茂識略甚明仗義立身資忠事主上佐賛普下康黎元以尋盟納款爲謀繼好息人爲請是卿上策吐朕中心每覽表章輙用嘉歎朕與彼蕃國代爲舅甥日結恩信自論盟會頗歷歲時常欲速成以爲永好雖誠明之内彼此無疑而言約之間往復未盡今故略收來意重示所懷想卿通明當所鑒悉河隴之地國家舊封論州郡則其數頗多計年歲則没來甚近既通和好悉合歸還今者捨而不言豈是無心愛惜但務早成盟約所以唯言三州則没於彼者甚多歸於此者至少猶合推於禮讓豈假形於言詞來表云此三州非創侵襲不可割屬大唐來且此本不屬蕃豈非侵襲所得今

是却歸舊管何引劃屬爲詞去年與論勃藏來即云覆取
進云賛普便請爲定令兩般使至又云比之小務未合首而論
之前後既有異同信使徒煩來去雖欲速爲盟會其如無
所適從静言二三固不在此若論和好即令各無侵軼已同一家
若議修盟即須重定封疆先還三郡若三郡未復兩界未分
即是未定封疆憑何以爲要約彼若吝惜小事輕易遠圖未
能修盟且務通好至於信使一往一來但令疎數得中足表情意
不絶彼有要事即令使來此有要事亦令使往若封境之上小
小事意但令邊頭節度兩處計會商量則勞費之間彼此
省便前般蕃使論悉吉賛至緣盟約事大須審商量未及
發遣後使雖是兩般所論只緣一事故令相待今遣同歸在
於日時亦未淹久所送鄭叔矩及路泌神柩及男女等並已到此
良用惻然厚贈遠歸深嘉來意其劉成師元非劉闢子姪

本是成都郡人已令送還本貫其餘事自並在賛普書中卿等宜審參量以副朕意使迴之日可備奏聞今遣兼御史中丞李銛及中使與迴使同往各有少信物具如別數至宜領之秋涼卿等各得平安好遣書指不多及

荅王承宗謝洗雪及復官爵表

帝者之道蕩然無私唯推赤心以牧黔首故一夫不獲若納之於隍一物歸誠則容之如地況卿家聯懿戚寵自先朝祖立茂功賞延後嗣因人詿誤不深疵瑕滌以恩波煦之寵澤撫舊封而察廉六郡進新律而統制三軍蕩穢加恩何以過此及覩來表乃見深誠言必由衷事皆知感承家襲慶誓繼力於前修補過酬恩願指期於後効永言尔志甚叶朕懷勉思始終用副眷矚所謝知

與鄭絪詔

勅鄭絪省所奏邕管黄少卿及子弟等事宜具悉卿望重中
朝寄深南服誓言敷惠政佇化遠人言念忠勤不忘監寤山洞
夷落易擾難安比來撫之未及其道覽卿所奏頗合其宜歲
時之間當革前弊勉於招諭以副朕心

荅高郢請致仕第二表

卿有忠貞之節立於險中有清重之名鎮于朝右而能始終有
道進退有常援禮引年遺榮致政人鮮知止卿獨能行不唯
振起古風亦足激揚時俗於卿則確然難奪在朕則情豈易
忘誠鑒乃懷未允來表

與劉總詔

勅劉總卿業繼將門才兼武畧累臨軍郡悉著良能龔學
褒宜加寵鉞仍舉奪情之典以昭延賞之恩今授卿起復雲麾
將軍檢校工部尚書充范陽節度等使并賜旌節官告往

想宜知悉

荅裴垍讓中書侍郎平章事表

卿自登台輔每竭忠貞一身秉彝百度惟序致君盡力久積股肱之勤憂國勞心微生腠理之疾暫從休告遽獻表章所陳雖是卿心所請殊非朕意宜加調攝速就平和以副虛懷無爲固讓

荅劉總謝檢校工部尚書范陽節度使表

卿幼承義訓長有令聞能遵忠孝之風不墜弓裘之業朕所以命加異等寵冠常倫特授雙旌超登八座豈唯延賞亦在任能將懋前修勉申後效載省章疏深鑒誠懷所謝知

與茂昭詔

勑茂昭王日興至省表陳讓檢校太尉者具悉卿文武大僚勳戚重望累展朝宗之禮足表恭敬之心況多戰伐立功彌彰勤

盡言念及此每用嘉焉宜加寵榮已降新命何至謙讓仍辭舊官眷倚之懷並具前詔想宜知悉

荅任迪簡讓易定節度使表

卿修文立身經武致用每誓心於忠勇常濟事以智謀自副戎車已屬時望及分旌鉞果愜軍情況武義之師輸忠仗順所期慰撫以就輯寧何至撝謙有兹陳讓所進官告今却賜卿宜體朕懷即斷來表

荅裴垍讓宰相第三表

卿疾病已來表疏相繼雖辭乞之誠頗切而注望之意方深所以來章久而未報然念卿勤懇之請至于再三若心不甚安即疾難速愈是用輟樞劇之務加崇重之官稍遂優閑佇期痊復勉從亦志深抑于懷

荅裴垍謝銀青光祿大夫兵部尚書表

卿自居鈞軸日獻謀猷戴君常竭其股肱憂國毎形於顏色
及嬰疾病益不遑安未踰四旬以至三讓揮謙秉易退之道堅懇
陳難奪之詞遂抑朕心俯從卿請而七命印綬五兵尚書官秩
甚崇事務稍簡就以優養冀乎和平載省表章深見誠意

與劉總詔

勑劉總康志安至省所謝陳具悉卿之先父爲朕元臣大節殊
功殁而不朽宜加恩禮俾洽哀榮故命宰臣爲之撰録卿義深
報國孝重承家既感顯親之恩願竭戴君之節遠有奏謝
益用嘉之想宜知悉

與房式詔

勑房式卿以良才尹玆東洛公忠無怠聲績有聞嘉歎之深
寧忘寤寐宜城重寄深在得人藉卿政能往就綏撫今授卿
宣州刺史兼御史中丞充宣歙等州都團練觀察處置等

使并賜告身往卿宜便起赴本道勉修所任以稱朕懷想
當知悉

與盧恒卿詔

勑盧恒卿累登朝序皆著公方自領藩條益彰理行恪恭
而奉上勤儉以牧人不加寵榮何勸來者朕以擢管漕運軍
國所資其務甚殷所寄尤重以卿有忠勞之前効幹濟之長
才常簡朕心宜授此職今除卿尚書刑部侍郎充諸道鹽鐵
轉運使并賜告身往宜即赴闕庭想當知悉

與新羅王金重熙等書

勑新羅王金重熙金獻章及僧沖虛等至省表兼進獻及進
功德并陳謝者具悉卿一方貴族累葉雄材仗忠孝以立身
資信義而為國代承爵命日慕華風師旅叶和邊疆寧泰況
又時修職貢歲奉表章進獻精珍忠勤並至功德成就恭敬

弥彰載覽謝陳益用嘉歎滄波萬里雖隔於海東丹慊一
心每馳於闕下以茲嘉尚常屬寢興勉弘始終用副朕意今
遣金獻章等歸國幷有少信物具如別録卿母及妃幷副王
宰相已下各有賜物至宜領之冬寒卿比平安好卿母比得和
宜官吏僧道將士百姓等各加存問遣書指不多及

答文武百寮嚴綬等賀御製新譯大乘本生心地觀
經序表

朕勤求道本廣挹教源以真如不二之宗助清淨得一之化況斯
經典時爲大乘名理精微飜譯成就雖契心則離於文字而得
意亦假於筌蹄庶使發揮因爲述序卿等精通外學懇竭
忠誠引經贊揚奉表稱賀再三省覽嘉歎久之

答孟簡蕭俛等賀御製新譯大乘本生心地觀經序狀

大僊經典宜取上法乘來自西方閟于中禁將期利益必在闡揚

遂令僧徒譯其句偈兼詔卿等潤以文言昨因披尋深得旨諦悟本生不滅之義證心地無相之宗方勤護持聊著序引永言述作猶愧聖明卿等賀陳良深嘉尚

答元應授岳鄂觀察使謝上表

夏口重鎮屬在時賢非明肅不能理其軍非簡儉不能阜其俗以卿有仁厚之質謇諤之風累踐班行皆著名節爰輟中憲往臨外藩知已下車深慰人望佇兹報政用副朕懷所謝知

答李鄘授淮南節度使謝上表

卿抱兼人之才秉徇公之節每登要職悉著能名若刃發硎投而不滯如玉在佩動必有聲朕以距淮而南人物繁會非廉明何以貞師察俗非簡惠何以通商綏甿展前勞既彰後効何遠載省來表知已下車勉副虛懷佇觀新政所謝知

盡大羅天尊贊并序

歲正月十九日順宗仙駕上昇之月日也皇帝嗣位六載每及茲
晨齋居孝思明發不寐以爲玄祖之教本乎道先帝之神在
乎天故畫大羅天尊像者欲以寅上勝因而成本功德也然
則知之者不如念之者念之者不如仰之者是用諦念具乃虔
仰尊儀命設色之工圖其儀形命掌文之臣賛其功德達孝
誠于天上致孝理於域中斯蓋弘願發於我皇景福薦於先后
稽首奉詔跪稱賛云
維大羅兮天上天　維天尊兮仙上仙　高真之臨鑒照下界
孝敬之心達上玄　每一念兮以一仰　感罔極兮福無壃

白氏文集卷第五十六

白氏文集卷第五十七

翰林制詔四 勅書批答祭文贊詞附 凡六十八首

荅元義等請上尊號表

荅薛苹賀生擒李錡表　與薛苹詔

與嚴礪詔　與餘慶詔　荅黄裳請上尊號表

與從史詔　與韓皐詔　與元衡詔

荅李抒等謝許上尊號表　荅馮伉請上尊號表

荅長安萬年兩縣百姓耆壽等謝許上尊號表

荅元素謝上表　荅韓皐等請上尊號表

荅馮伉謝許上尊號表　與顏証詔　與從史詔

與季安詔　與高固詔　祭故贈婕妤孟氏文

季冬薦獻太清宮詞文　與茂昭詔

荅百寮謝許追遊集宴表　荅李抒謝許遊宴表

代忠亮荅吐蕃東道節度使論結都離等書

與南詔清平官書　荅王鍔賀賑恤江淮德音表

與茂昭詔　與潘孟陽詔　荅宰相杜佑等賀德音表

荅宗正卿李詞等賀德音表

荅將軍方元蕩等賀德音表　與迴鶻可汗書

與韋丹詔　與從史詔　荅宰相杜佑等賀德音表

與孫璹詔　與李良僅詔

荅京兆府二十四縣耆壽謝賑貸表

荅元義等請上尊號表

朕自君臨運逢休泰時歲豐稔兇醜殄夷此皆宗社降靈忠賢宣力顧惟寡德敢受鴻名卿中發懇誠上尊美號雖屬人望難貪天功宜悉所懷勿固為請

荅薛苹賀生擒李錡表

朕自嗣耿光毋多惕厲偶念必先於除害志無忘於安人李錡大負
國恩自貽天罰訓師徒未動於疆埸父子俱肆於市朝信上天之
禍淫與率土而同慶省視來表深鑒乃誠所賀知

與薛苹詔

勑薛苹楊君靖至省所陳謝具悉卿勤王之節徇公滅私
事主之誠移忠資孝苟非褒贈何以顯揚且清白之風既
自家而刑國則寵旌之澤宜因葉以流根式遵追遠之經用
表教忠之訓是爲禮典煩致謝章

與嚴礪詔

勑嚴礪薛光朝至所陳謝具悉卿徇公竭誠臣節克著揚
名濟美子道有光教忠既本於義方追遠宜崇於禮命俾
優褒贈爰慰孝思秩貴冬官以表過庭之訓封榮石窌用
旌徙宅之賢雖示新恩允符舊典遠煩陳謝深見懇誠

與餘慶詔

勑餘慶省所謝陳具悉卿累居衮職時謂盡忠自尹洛師日聞報政旦節既彰於宣力子道莫大於揚名俾光孝思爰舉禮命榮袞家宰寵賁幽靈式是彝章豈爲私渥有煩陳謝深見誠懷

答黃裳請上尊號表

朕以薄德嗣守丕圖不敢荒寧以弘理道幸屬歲時豐稔兇寇梟夷風雨不愆禮圓丘而報本雷霆未震豈太社而服刑斯皆上聖降靈幽贊寡昧百辟叶德馴致和平永惟弘名實懼虛美卿上稽祖訓下酌羣情陳獻表章請加徽號臮于王公卿士降及耆艾緇黃咸一乃心各三其請朕嘗以宰元化者曲成於物法天道者從欲於人雖恤隱泣辜未臻三五之化而樂推欣戴難違億兆之心德非稱焉讓不獲已勉從所請

深愧于懷

與從史詔

勑從史楊幹至省所奏今月七日到潞城縣降雪尺餘兼奏耆老等詣闕請欲立碑并手跡通和劉濟本末事宜者具悉卿分朕之憂求人之瘼時降大雪豐年表祥豈惟澤及土田將使物無疵厲休慶斯在慰望良深耆老等遠詣闕庭請立碑紀尋已允許當體誠懷以旌政能無至陳讓知卿協比其鄰翼戴爲意陳此手跡發於血誠忠懇弥彰嘉歎不已永言臣節何日忘之想宜知悉

與韓臯詔

勑韓臯省所陳賀具悉卿朕自守睿圖每思寛見政慮先禁暴念在措刑李錡負國反常阻兵干紀未勞師旅已就誅夷卿宣力納忠秉心嫉惡遠陳慶賀深見懇誠想宜知悉

與元衡詔

勑元衡卿亡身許國竭力匡君人之具瞻予所嘉賴凋殘是郇遠藉宣風之能利澤所資暫輟爲霖之用慈和既敷於兵後惠信當洽於言前永念忠勤豈忘寤想計卿行邁已到西川涉遠冒寒固甚勞頓勉加綏撫以副朕懷想宜知悉

荅李扞等謝許上尊號表

朕自臨萬邦僅經三載位雖託於人上化未洽於域中永念眇身敢當人號卿等義深宗室忠盡君親一其情誠三有陳獻迫以人望厭于天心遂抑所懷勉從其請固辭而事非獲已撫德而何以堪之再省謝章弥增惕厲

荅馮伉請上尊號表

朕統承大寶時屬小康伐謀而吴蜀克清示信而華夷有截斯皆宗社垂祐天地降和非予沖人所能馴致卿上稽十聖之

訓下酌萬人之心以爲不讓强名未傷於體道屈已徇物何爽於至公遂抑素懷俯從衆望雖鴻名未稱每勞踏地之心而人欲下從即爽法天之德勉依勤請良用愧懷

答長安萬年兩縣百姓耆壽等謝許上尊號表

朕每念雍熙慙未及於億兆永言徽號讓已至于再三而文武具寮緇黃庶老懇陳誠款明引訓謨開予以天地無私之心起予以聖宗不易之訓以大道者無求於物物尊而不辭至公者非欲其名名立而不讓迫於固然之理不得已而許之卿等誠至感通義深欣戴異再煩陳謝益用愧懷

答元素謝上表

卿用兼文武識合變通轂綱領於中朝授麾幢於外閫吏能足以惠物將畧足以董戎人望所歸予心是賴知卿已到本鎮當思慰疲人深藉撫綏之方以安凋弊之俗日期報政歲

望成功勉勤所圖用副朕意

荅韓皐請上尊號表

銷沴致和幸逢昌運加名建號豈稱眇身而文武具寮黎獻
庶老引古今之明訓陳億兆之懇誠謂德有所歸謳詞不可
以苟讓謂功有所獻徽號不可以固辭遂抑中懷俯從衆望
庶增修乎茂實冀無克副於鴻名卿發誠自中歸美于上勉依
所請弥愧于心

荅馮伉謝許上尊號表

朕以眇身嗣于丕業心雖勞於惕厲化未及於雍熙永惟强
名實懼虛美上自一三元老下及億兆黎人大洽詢謀明徵典訓
增予以巍巍之號感予以顒顒之誠既迫所懷俯從其請
卿義深奉上志切戴君再省謝陳彌增愧惕

與顔証詔

勑顔証戴歲及至省所賀貝及謝王國清充五嶺監軍具悉卿職在撫綏任兼備禦公勤夙著問望日彰言念于懷豈忘寤寐乾象昭感壽星垂文與時相膺有道則見顧慙菲德何以當之卿戎旅事殷宜有監領蓋爲常例煩至謝陳想宜知悉

與從史詔

勑從史省所陳謝追贈亡母幷舉薦韋悅具悉卿推誠奉國積慶承家既彰盡節之忠宜洽流根之澤雖祿難逮養已闕靈於九原而孝在顯親宜旌賢於三從俾崇封贈以極哀榮韋悅既有才能又所諳委卿即發遣令赴闕庭卿之忠誠朕所識察豈待陳露然後知之載覽來章益嘉懇切想宜知悉

與季安詔

勑季安省所陳請具悉卿朕纂承鴻業司牧蒼生僅致小康未臻一化實慙薄德未稱崇名而華夷兆人内外羣后屢有勤

請難於固違卿遠獻表章明徵典訓納忠於上歸美於君勉
從懇誠良用愧惕儲貳者上繼宗祖下貞邦家心豈暫忘事
或未暇尚阻來請當體所懷

與高固詔

勑高固卿奉國戴君必竭忠節統戎護塞克著勲勞自領藩
垣委之心膂忠愨之志久而益彰欽歎在懷何嘗暫忘以卿一從
軍旅多在邊陲歲月積深勤勞滋久所宜出入中外周旋寵光
今授卿檢校尚書右僕射御史大夫兼右羽林軍統軍以端揆
之崇兼環衛之帥遂卿望闕之戀表朕念功之心仍賜卿官告
卿宜即赴闕庭想宜知悉

祭故贈婕妤孟氏文

維元和二年歲次丁亥十二月甲寅朔十九日壬申皇帝遣某官
某以庶羞之奠致祭于故婕妤之靈自惟尔和順積中柔明

奉上動靜合肅邕之體進退得婉孌之儀選自良家備茲内
職修令顔以顧德蘭幽有香守明節而保身玉潔無玷方資
懿範以茂嘉猷彼美有聞于何不淑遽茲淪逝深用惻傷既
卜日辰爰申寵贈以尔有班氏之明智故贈以婕好以尔有窈
妃之淑容故葬於洛浦魂兮不昧歆此誠懷尚饗洛浦原在長安界

季冬薦獻太清宫詞文

維元和二年歳次丁亥十二月甲寅朔二十六日己卯嗣皇帝臣稽
首大聖祖高上大道金闕玄元天皇大帝伏以今年司天臺奏正
月三日祀上帝于南郊佳氣充塞四方温潤祥風微起廬州
申連理李樹一株彭義軍節度使進白烏一鄭滑觀察使
奏瑞麥五科司天臺奏六月五日夜鎮星見河陽節度使進白雀
一荆南節度使申連理樹一本山南西道觀察使申嘉瓜一枚
司天臺奏六月十三日夜老人星見河南府申芝草兩莖司天臺奏

冬至日佳氣充塞瑞雪祁寒者臣嗣承丕圖肅恭寅畏祖宗
垂慶嘉瑞荐臻虔奉禎祥伏深祗惕今時惟玄律節及季冬
仰薦明誠欽率恒典謹遣攝太尉司徒平章事杜佑薦獻以
聞謹詞

與茂昭詔

勑茂昭盧校至省所奏請上尊號及建儲聞賀誅李錡并
進馬者具悉卿朕以寡德祗嗣丕圖雖致小康豈稱大號迫於
人望遂抑予懷永惟强名實愧虛受儲貳者上繼宗祖下貞邦
家心非暫忘事或未暇尚阻來請宜體所懷李錡苞藏乱心
奮發兇德不勞征討自就誅夷想卿忠誠倍以爲慰所進馬馴
良可尚服御且閑取其戀主之心足表爲臣之節再三省臨見嘉
歎久之想當知悉

荅百寮謝許追遊集宴表

在昔哲王居于人上推其憂樂與衆共之頃屬三兇荐興二載連獲凡百有位咸一其心誠念嘉謀共致昭泰今四表無事三農有年思與羣情同其具慶是宜削苛察之前弊眗寬裕之新恩仁及下而啓迪歡心澤先春而道迎和氣昨逢多故主憂且使臣勞今致小康上安則宜下樂庶欲解人之慍粗伸推己之恩豈曰殊私煩於陳謝

荅李扞謝許遊宴表

朕自御萬方僅經三載運逢休泰俗漸和平當朝野無虞之時見君臣相遇之樂是故去茲彰之化弘優貸之恩近自宗親下及士庶賜其宴衎遂以優遊蓋以己之所安思與人之共樂雖夕惕而若厲毋戒志於無荒賜春遊以發生宜助時而有慶卿等榮崇宗寺恩重本枝省所謝陳弥嘉誠懇

荅劉濟詔

勑劉濟省所奏茂昭送鄉管内百姓舉進能等七人奏前後事由具悉卿爲國大臣與君同體寬見而得衆忠以忘身每徇公而滅私能虚懷以容物與茂昭疆場之事小有違言曲直是非朕已明辯卿外崇藩翰内賛謨猷念屈己以爲心或難容忍思戴君而是力宜務叶和勉卿寛裕之懷助朕含弘之化想宜知悉

與柳晟詔

勑卿晟上英琦至省所奏慶雲并進圖者具悉昌運將開祥符先見發自和氣聚爲卿雲捧日而五色相宣垂天而萬物咸覩斯爲嘉瑞宜契升平朕方致小康未臻大化受茲玄貺祗惕良深卿以誠事君推美奉上獻輪囷於圖畫陳懇款於表章披閲再三彌增嘉歎

荅薛苹謝授浙東觀察使表

卿久踐吏途累聞能政及居藩鎮尤見忠勤訓道式而羣黎向方

廉察而列郡承式實嘉乃績毋簡予心宜遷雄劇之藩以廣循
良之化勉於爲理副朕所懷所謝知

上元日歎道文

道本無象功成强名生一氣之先爲萬物之母吹呴寒暑陰陽
節而歲功成輔相乾坤上下交而生物遂故能阜蕃動植啓迪
雍熙邦家保安夷夏咸若今以時節獻歲節及上元女道士某
等奉爲皇帝焚香行道敬修功德伏願聲聞紫極丕降玄休
大庇群生永康四海流光垂慶億萬斯年

畫大羅天尊讚文

道用無窮統之者太聖神化不測感之者至誠非圖像無以示
儀形非供養無以展嚴敬故一念一禮而福隨之畫大羅天尊
者奉爲順宗至德大聖大安孝皇帝忌辰之所造也皇帝祖玄元
之風嗣清淨之理志在善繼心惟孝思申命工人彰施繪事粹

容儀若真相炳焉憑志誠而上通垂景福而下濟詞臣奉詔恭
爲讃云
眞通之象　孝感之心　率土瞻仰　在天照臨　蓄爲精誠
發爲圖畫　如從大羅　應念而下

荅朱仕明賀冊尊號及恩赦表

朕以寡德嗣承睿圖俯從衆誠勉受鴻稱慶之大者豈在予一人推而廣之宜及爾萬姓爰因受冊之禮遂施作解之恩俾與群生同斯大慶卿盡忠訓旅推美奉君省茲賀陳深見誠至

祭咸安公主文

維元和三年歲次戊子三月癸未某日皇帝遣某官某以庶羞之奠致祭于故咸安大長公主覩濟毗伽可敦之靈曰惟姑柔明立性溫惠保身靜修德容動中規度組紃之訓既習於公宮湯沐之封遂開於國邑及禮從出降義重和親承渥澤於三朝播

芳猷於九姓遠修好信既申協比之姻殊俗保和實賴肅雍之德方憑福履以茂輝榮宜降永年遽歸長夜悲深計至寵極哀榮爰命使臣往申奠禮故鄉不返烏孫之曲空傳歸路雖遥青塚之魂可復遠陳薄酹庶鑒悲懷嗚呼尚饗

與仕明詔

卿久鎮邊防初膺閫寄式旌勤効俾洽恩榮褒德念功故進封以示寵忠誠亮節宜因實而錫名既表新恩亦惟舊典今改封卿丹陽郡王仍改名忠亮勉勤乃事以副所懷想宜知悉

與崇文詔

勑崇文段良玭至省所謝亡妻邑號具悉卿有濟時之勲寵居褒職士政承積善之慶列在王官俾洽恩光故加褒贈念梧桐之早落不及夫榮追芣苡之遺芳宜從子貴式崇寵命以賁幽靈省兹謝章良用嘉歎

祭張敬則文

維元和三年歲次戊子七月辛巳朔二十七日丁未皇帝遣某官某以清酌之奠致祭于故鳳翔節度使贈某官張敬則之靈惟爾挺武毅之質負將帥之才名以忠聞位由勤致自膺閫職益茂勳猷惠革疲氓威吞黠虜一方膏雨千里長城繼博望之功勞能恢代業傳子房之籌畧不墜家聲方措言山河遽捐館舍逝川無捨遠日有時徽績空存書旗常而播美音容不見聽鼙鼓而增思永念忠勤弥深軫悼往陳遺奠庶鑒悲懷嗚呼尚饗

與希朝詔

勑希朝劉忠謹至省所奏沙陀突厥共一千八百七十人并駝馬器械歸投事宜具悉卿以將帥之才鎮華夷之要亘憂勞爲國忠勇忘家聲胥動寇戎塵清封畧突厥等嚮風輸款率屬來賓雖慕我懷柔遠無不至亦因卿威惠導之使來念其歸投

宜有優賜今賜衣服及匹段等自首領已下鄉宜等第給付其部
落家口等遠經跋涉宜稍安存以勸歸心用副注意

與元衡詔

勑元衡省所奏當管南界外生蠻東凌六部落大鬼主苴春
等以所管子弟百姓等二千餘戶請內屬黎州并奏南路蕃
界消息者具悉卿以文武之才兼將相之任仁和下布黎庶獲安
威惠旁流蠻夷率附勳勤斯著倚賴彌深欽矚之懷豈忘
寤寐生蠻部落苴春等久阻聲敎遠此歸投願屬黎州請通
縣道勉於撫慰以勸將來所奏蕃界事宜具已知委戎虜雖聞
喪敗封疆不可無虞亦宜隄防用副眞矚

與陸庶詔

勑陸庶省所奏當管新開福建陸路四百餘里者具悉卿望重
周行寄分越徼嘉聞素著茂政累彰況勤可使人智能創物

廢驚波之路開砥石之途捨舊謀新以夷易險財力不費商旅斯通惠既及人動非擾下績用可尚欽歎良深

荅盧虔謝賜男從史德政碑文并移貫屬京兆表

卿男從史爲國重臣自領大藩厥有成績公忠茂著政理殊尤勒石所以表勲賜文所以褒德惟功是念有善必旌是國舊章非予私渥昨又請移鄉貫願隷京邑家聲益振臣節逾彰雖清望標門崇冠山東之族而丹心戀闕恥爲關外之人載省懇誠弥深喜歎所謝知

與宗儒詔

勅宗儒卿邦家楨幹班列羽儀嘗作股肱弼諧無怠及司管籥鎭靜有方欽重之懷寤興不捨春官之長非賢不居旣簡朕心亦符人望今授卿禮部尚書并賜官告往除餘慶東都留守卿宜便與交割即赴上都想宜知悉

與布朝詔

勑布朝省所奏党項歸投事具悉卿邊隅寄重閫外事繁威行而軍聲外揚信及而戎心内附動皆展効進必盡忠𤇾勞績弥彰倚望尤切党項拓拔忠敬等頃雖爲盜今已經恩懼而歸投情可容恕許其後効以補前非卿宜安存無使疑懼其麼梅部落等尚能繼至亦許自新宜加招諭令知朕意

與韓弘詔

勑韓弘任光輔至省所陳請具悉卿文武全畧各邦家重臣自居大藩厥有成績輯寧百姓嚴整三軍使予無憂惟尒之力省兹章奏懇願朝宗誠嘉深衷難遂勤請朕以梁宋之地水陸要衝運路咽喉王室藩屏人疲易散非卿之恵不能安師衆難和非卿之威不能戢今衆方悦附人又知歸鎮撫之間事難暫輟雖戀深雙闕積十年而頗勞然倚爲長城捨一日而不可

勉卿忠力布朕腹心宜體所懷即斷來表

荅杜佑謝男師損除工部郎中表

卿道贊謨猷功成輔弼師損克承訓義雅有令名豈惟貴延兼以能選班行久次頗積公勤郎署稍遷未爲渥澤省茲章奏深見懇誠所謝知

與嚴礪詔

敕嚴礪省所奏進蒼角鷹鳥六聯具悉卿任重列藩寄兼外閫事皆奉上動必竭誠時屬勁秋致茲鷙鳥調習成性進獻及時取其効用之能足表盡忠之節

與韓弘詔

敕韓弘卿苦心奉國極慮撫人惠彼一方于茲十載歷展勤王之効累陳戀闕之誠才以任彰節因事著不加殊寵何表成功夫外擁旌麾爪牙之重任内叅台衮股肱之寄深以尒一心授茲二

柄永言倚賴當副誠懷今除卿同中書門下平章事依前宣
武軍節度等使餘並如故并賜官告往想宜知悉

荅王鍔陳讓淮南節度使表

卿自領大藩累彰殊効恵安百姓表正一方雖戀闕誠深然殿
邦寄切既執圭而肆覲宜返旆而勞旋况淮海要衝旌旄重任
永言共理已有成功方注意於撫綏何遽誠而陳讓難允來請
宜體所懷

荅韓弘讓同平章事表

致理之道審官為先以卿有文武之才故授卿以將相之任所冀
外為藩翰張爪牙之威内賛謨猷宜股肱之力僉諧允屬衆望
攸歸方注意於安危何執謙而陳讓所進官告今却賜卿無或
再辭即斷來表

畫大羅天尊讃文

唐元和己丑歲四月十四日畫大羅天尊一軀成奉爲睿聖文武
皇帝降誕之辰所造惟歲之春惟月之望誕千年一聖之始降百
祥萬壽之初電繞樞而夜明雷出震而時泰皇帝孝敬寅
畏憂勤勞謙以謂無疆之休雖肇自於元聖莫大之慶思廣
被於蒼生爰命國工俾陳繪事具相儼若玄風穆如疑從大羅
感聖而降至誠上通於一德景福旁濟於萬靈休命耿光自茲
無極詞臣承詔恭爲讃曰
大羅天兮高不測　浩無倪兮杳無極　中有聖兮無上尊
惟玄德兮可升聞　圖相好兮仰高眞　誠上感兮福下臻
俾百祥兮與萬壽　配聖日兮而長新

答韓弘再讓平章事表

將相兼委實難其人非其德不可謬承當其才不在懇讓朕非
虛授卿勿固辭宜斷來章即奉成命已具前詔當體朕懷

畫元始天尊讚并序

元者諸天之先始者萬靈之母混而成一强以爲名至哉无上尊得以是爲號正月二十有三日德宗神武孝文皇帝上九仙之月遏八音之日也皇帝敎弘玄訓業奉眞宗承文祖之貽謀申孝孫之誠敬以謂元始天尊者眞儀不遠隨相而生神用無方應念而至故命設繪素展儀形五彩彰施七寶貫嚴飾所以表當宁之瞻仰感在天之聖神通玄應於希夷集靈祐於肹蠁詞臣承命跪唱讚云

玄聖何在天上天　欲往從之窅無緣　命工設色五彩宣
忽如眞相現於前　聖應聖兮玄又玄　薦百福兮垂萬年

北齊驃騎大將軍高敖曹讚并序奉勑撰

高昂字敖曹渤海蓨人也姿體甚異膽力過人累經戰伐皆著功績官至驃騎大將軍儀同三司冀州刺史其勇敢忠壯冠于一

時時稱爲名將後竟以攻戰死於王事年四十八贈太尉謚曰忠武贊曰

毅曹之容　好配子羽　生揚勳烈　死謚忠武　武不顧身　忠不忘主　誠哉選士　無以貌取

與驃國王雍羌書

勅驃國王雍羌卿性弘毅勇代濟貞良訓撫師徒鎮寧邦部欽承王化思奉朝章早得睦隣之善謀秉事大之明義又令愛子遠副闕庭萬里納忠一心稟命誠信弥著嘉想益深今授卿檢校太常卿并卿男舒難陀那及元佐摩訶思那等二人亦各授官告往至宜領之此所以表卿勳勤申朕恩禮敬受新命永爲外臣勉弘令圖以副遐矚今有少信物具如別録想宜知悉也冬寒卿比平安官吏百姓等並存問之遣書指不多及

與季安詔

勑季安劉清潭至省所奏貝州宗城縣百姓劉弘爲母病割股充祭事宜具悉卿任重彌諧寄深鎮守勤撫綏之政賛燮理之功至使部人忘身展孝雖因心有感誠化我之時風而率下可知足表卿之理行省兹陳奏欽歎良深

荅杜兼謝上河南少尹知府事表

三川封畿寄寔重其任貳職綱紀亦難其人卿素懷器能累著聲績亞理以明愼選專領以展長才知已下車當親綏撫佇聞報政用副憂勤所謝知

代忠亮荅吐蕃東道節度使論結都離等書 奉勑撰

大唐四鎮北庭行軍涇原等州節度使檢校工部尚書兼御史大夫丹陽郡王朱忠亮致書吐大蕃東道節度使論公都監軍使論公麾下 專使辱問悚慰良深國家與吐蕃代爲舅甥日修鄰好雖·曰兩國有同一家至於封疆尤貴和叶忽枉來問稍乖素誠

雖有過言敢以衷告來書云頻見燒草何使如然者至如
時警邊防歲焚宿草蓋是每年常事何忽今日形言況
牛馬因風猶出疆以相及草木延火縱近境而何傷遽懷異
端未敢聞命又云去年忽生異見近界築城者且國雖通
好軍不徹警近邊修緝彼此尋常況城是漢城地非蕃地
豈乖通理何致深疑靜言思之誰生異見頃曽報牒彼已息
詞今又再言寧無慙德又云皇天無親有德即輔者皇帝
君臨万方迨及四載道光日月德動乾坤南北東西化無不及
若非皇天輔德明神福仁北虜何爲歸明南蠻何爲慕化
風雨何因大順歲時何因屢豐則神助天親可明驗矣彼若
無故生疑無端結怨但思小利不務遠圖則咎孽之生恐不
在此永言取笑却請三思又云漢之臣下頻有叛逆者近以吳
蜀小寇暫肆猖狂未及討除尋以殄滅皇威不霽妖沴自清

豈假彼蕃遠思傍助忠亮謬蒙恩渥叨在藩垣恭守邊隅幸
鄰封壤縱未能爲漢名將亦不可謂秦無人輒獻直言以祛
深惑願推誠信同保始終各勉令圖以求多福歲暮嚴寒惟
所履安勝遠垂惠貺愧佩殊深今因押衙迴亦有少答信
具如別紙恕輕尠也不具忠亮謹白

與南詔清平官書

勅南詔清平官段諸突李附覽爨何棟尹輔首段谷普李异傍鄭
蠻利等段史倚至知異牟尋喪逝朕以義重君臣情深軫悼卿等哀
慕所切當何可任又知閤勸繼業撫人輸誠奉教蒸黎咸乂封部獲安
皆是卿等同竭忠謀佐成休績永言及此嘉慰良深勉終令圖以副遐
矚今遣諫議大夫兼御史中丞段平仲持節冊命閤勸想當悉之卿等各
有少信物具如別錄至宜領也春寒卿等各得平安好遣書指不多及

荅王鍔賀賑恤江淮德音表

水旱流行江淮艱食朕明申詔旨親遣使臣蠲其逋租賑以公廪爰興利物之利用表憂人之憂庶俾疲氓均霑惠澤卿克勤乃職共理爲心省兹賀陳深見誠意

與茂昭詔

勑茂昭盧校至省所陳奏具悉卿翼戴君親出入將相久專我閫累覲王庭忠勞必竭其智謀誠懇每形於章表近者志在憂國慮及安邊請率精兵親防黠虜朕以卿當管軍鎮寄重事殷寔藉撫綏用安封部雖未允所請而深嘉乃誠今又密奏恒州具申事體曲盡忠勤之節備知丹赤之心言念再三發於嗟歎眷重之至併在予懷想宜知悉

與潞孟陽詔

勑孟陽卿夙懷才畧早振聲猷歷踐班行累彰績効自守開輔克舉藩條惠及烝黎威行軍鎮永言所任未展其能朕以東川

蜀門重鎮獘承軍後雄壓嶮中思得忠勤之臣撫此凋殘之俗量才注意無以易卿今授卿劒南東川節度觀察等使并賜官告往想宜知悉

荅宰相杜佑等賀德音表

古先聖王託于人上與百姓同其欲與天下共其憂唯推是心可底于道朕臨御萬國迨茲五年惕厲之懷雖勤於夙夜愆伏之候猶害於歲時思革獘以救災在濟人而損己是用欽刑緩死已責卹貧罷郡國之貢珍省宮廄之煩費延春令而布仁行惠先南風而解愠阜財庶憑歡心以召和氣卿等或匪躬獻替或悉力彌諧啓沃之間已申霖雨之用燮理之際佇見陰陽之和各宜勉之以輔予理所賀知

荅宗正卿李詞等賀德音表

朕統承鴻緒子育蒼生累歲有秋今春不雨在陰陽之數雖有

爰益虛為父子之心敢忘惻隱俾除人獘以湯盈歲災卿等任重宗
卿恩連屬籍省茲陳賀深見忠誠
荅將軍方元蕩等賀德音表
朕以時陽外候春澤愆期思備旱之方無如𤰞省務動天之
德莫若精誠是以修己卹人去煩節用冀荅天戒以致時和卿
志竭邦家職修軍衛省茲章表深用嘉之所賀知
與迴鶻可汗書
皇帝敬問迴鶻可汗夏熱想比佳適可汗有雄武之姿英果之
略統制諸部君長一方篡承前修繼守舊好故得邑落蕃
盛士馬精強連挫西戎永藩中夏況鄉風之義每勤於朝聘
事大之敬常見於表章動皆由衷言必合禮朕所以深嘉忠款
遐想風規至於寢興不忘歎矚勉弘令德用副誠懷達覽將
軍等至省表其馬數共六千五百匹據所到印納馬都二萬匹都計

馬價絹五十萬匹緣近歲已來或有水旱軍國之用不免闕供今數內且方圓支三十五萬匹分付達覽見將軍便令歸國仍遣中使送至界首雖都數未得盡足然來使且免稽留貴副所須當悉此意頃者所約馬數蓋欲事可久長何者付絹少則彼意不充納馬多則此力致歎馬數漸廣則欠價漸多以斯商量宜有定約彼此爲便理甚昭然況與可汗禮在往來義存終始親鄰既通於累代恩好益厚於往時所以萬里推誠期於一言見信遠思明智固體朕心其東都太原置寺此令人(犯御嫌者)當事緣功德理合精嚴又有彼國師僧不必更勞人檢校其見撚拓勿施鄔達干等今並放歸所令帝德將軍安慶雲供養師僧請住外宅又令骨都祿將軍充檢校功德使其安立請隨般次放歸本國者並依來奏想宜知悉今賜少物具如別錄內外宰相及判官摩尼師等並各有賜物至宜准數分付內外宰相官

吏師僧等並存問之遣書指不多及

與韋丹詔

勅韋丹寶從直至省所陳賀并奏江饒等四州旱損其所欠供軍留州錢米等並已放免又奏權減俸及修造陂堰并勸課種蒔粟麥等事宜具悉朕頃緣時旱慮害農功雖推咎己之心敢望動天之德而未逾浹日膏澤霈然仰荷玄休俯增祇惕卿喜深稱慶忠切分憂既覽賀陳兼詳奏請至如蠲逋以卹人隱減俸以濟軍須抑末業而移風務茲菽麥防旱年而歎雨修利陂塘皆合其宜並依所奏非卿公勤奉上仁惻發中則共理之心不能至此再三興歎三難申勉於始終以副朕意想宜知悉

與從史詔

勅從史中使嶭至省所陳謝具悉卿亡父早踐班榮久著聲績

永言褒贈自叶典常況卿孝友承家勤勞事國念茲忠節皆
稟義方將慰匪莪之心宜流自棘之澤豈爲殊渥頻至謝章

荅宰相杜佑等賀德音表

朕以春候發生歲功資始順陽和而布政賑貧乏而勸農載
念罪人因除獘事隨其所利施以爲恩富庶之端寔資漸於此
卿等義敦宗戚誠竭君親省茲賀陳用增嘉歎

與孫璹詔

勅孫璹劉德惠至省所進隴右地圖兼進戰車陣圖車樣及
奏陳收復河湟事宜者具悉卿尹茲右輔固乃西疆創制戎車
繕修軍實思收故地誓立殊勳載覽陣圖兼詳所奏誠得
開邊之畧益加報國之心斯謂盡忠彌增注意眷言所至無忘于懷

與李良僅詔

勅李良僅卿久在軍門習知邊事居常恭恪動必忠勤眷乃才

良可分憂寄今授卿延州刺史兼安塞軍使并賜官告往延州既兼軍鎮且雜蕃戎防過撫綏兩須得所宜勉所任用副朕懷

荅京兆府二十四縣耆壽謝賑貸表

朕勤求人隱慎卹農功念播殖之時必資首種慮懸磬之日多乏見糧將便公私宜從斂散卿等名登庶老業守先疇各勉農人以副朕意所謝知

白氏文集卷第五十七

白氏文集卷第五十八

奏狀一 凡十首

初授拾遺獻書 元和三年進

五月八日翰林學士將仕郎守左拾遺臣白居易頓首頓首謹昧死奉書于旒扆之下臣伏奉前月二十八日恩制除授臣左拾遺前充翰林學士者臣與崔羣同狀陳謝但言忝冒未吐衷誠今者再黷宸嚴伏惟重賜詳覽臣按六典左右拾遺掌供奉諷諫凡發令舉事有不便於時不合於道者小則上封大則庭諍其選甚重其秩甚卑所以然者抑有由也大凡人之情位高則

惜其位身貴則愛其身惜位則偷合而不言愛身則苟容而
不諫此必然之理也故拾遺之置所以卑其秩者使位未足惜身
未足愛也所以重其選者使上不忍負恩下不忍負心也夫位未足
惜恩不忍負然後能有闕必規有違必諫朝廷得失無不察天
下利病無不言此國朝置拾遺之本意也由是而言豈小臣愚劣
闒懦所宜居之哉況臣本鄉里豎儒府縣走吏委心泥滓絕望
煙霄豈意聖慈擢居近職每宴飫無不先及每慶賜無不先霑
中廄之馬代其勞內廚之膳給其食朝慚夕惕已逾半年塵曠
漸深憂愧弥劇未伸微效又擢清班臣所以授官已來僅將十
日食不知味寢不遑安唯思粉身以荅殊寵但未獲粉身之所
耳今陛下肇建皇極初受鴻名夙夜憂勤以求致理每施一政
舉一事無不合於道便於時故天下之心顒顒然皆有望於太平
也然今後萬一事有不便於時者陛下豈不欲聞之乎萬一政

有不合於道者陛下豈不欲革之乎候陛下言動之際詔令之間小有遺闕稍關損益臣必密陳所見潛獻所聞但在聖心裁斷而已臣又職在中禁不同外司欲竭愚衷合先陳露伏希天鑒深察赤誠無任感恩欲報懇款屛營之至謹言

論制科人狀

近日內外官除改及制科人等事宜

右臣伏見內外官近日除改人心甚驚遠近之情不無憂懼喧喧道路異口同音皆云制舉人牛僧孺等三人以直言時事恩獎登科被落第人怨謗加誣惑亂中外謂爲誣妄斥而逐之故並出爲關外官楊於陵以考策敢收直言者故出爲廣府節度韋貫之同所坐故出爲果州刺史裴垍以覆策又不退直言者故免內職除戶部侍郎王涯同所坐出爲虢州司馬盧坦以數舉事爲人所惡因其彈奏小誤得以爲名故黜爲左庶子

王播同之亦傳知雜臣伏以裴垍王涯盧坦韋貫之等皆公忠正
直内外咸知所宜授以要權致之近地故比來衆情私相謂曰
此數人者皆人之望也若數人進則必君子之道長若數人退則
必小人之道行故卜時事之否臧在數人之進退也則數人者自
陛下嗣位已來並蒙擢用或任之耳目或委以腹心天下人情
日望致理今忽一旦悉疎棄之或降於散班或斥於遠郡設令
有過猶可優容況且無瑕豈宜黜退所以前月已來上自朝廷
下至衢路衆心洶洶驚懼不安直道者恐直言者杜口不審陛
下得知之否凡此除改傳者紛然皆云裴垍等不能委曲順時
或以正直忤物爲人之所媒孽本非聖意罪之不審陛下得聞
之否臣未知此説虚實但獻所聞所聞皆虚陛下得不明辯之
乎所聞皆實陛下得不深慮之乎虚之與實皆恐陛下要知臣
若不言誰當言者臣今言出身戮亦所甘心何者臣之命至輕朝

廷之事至大故也臣又聞君聖則臣忠上明則下直故堯之聖也天下已太平矣尚求誹謗以廣聰明漢文之明也海内已理矣賈誼猶比之倒懸可謂痛哭三君皆容納之所以得稱聖明也今陛下明下詔令徵求直言反以爲罪此臣所以未諭也陛下視今日之理何如堯與漢文之時乎若以爲及之則誹謗痛哭尚合容而納之況徵之直言索之極諫乎若以爲未及則僧孺等之言固宜然也陛下縱未能推而行之又何忍罪而斥之乎此臣所以爲陛下流涕而痛惜也德宗皇帝初即位年亦徵天下直言極諫之士親自臨試問以天旱穆質對云兩漢故事三公當免卜式著議弘羊可烹此皆指言當時在權位而有恩寵者德宗深嘉之自第四等拔爲第三等自畿尉擢爲左補闕書之國史以示子孫今僧孺等對策之中切直指陳之言亦未過於穆質而遽斥之臣恐非嗣祖宗承耿光之道也書諸史策後嗣何觀焉陛

下得不再三省之乎臣昨在院與裴垍王涯等覆策之時日奉
宣令臣等精意考覆臣上不敢負恩下不忍負心唯秉至公以
爲取捨雖有讎怨不敢棄之雖有親故不敢避之唯求直言
以副聖意故皇甫湜雖是王涯外甥以其言直合收涯亦不敢
以私嫌自避當時有狀具以陳奏不意羣心（犯御嫌名）成禍端聖心以
此察之則或可悟矣儻陛下察臣肝膽知臣精誠以臣此言可以
聽採則乞俯迴聖覽特示寛恩僧孺等准往例與官裴垍等
依舊職獎用使內外人意歡然再安若以臣此言理非允當以
臣覆策事涉乖宜則臣等見在四人亦宜各加黜責豈可六人
同事唯罪兩人雖聖造優容且過朝夕在臣懼惕豈可苟安
敢不自陳以待罪戾臣今職爲學士官是拾遺日草詔書月
請諫紙臣若默默惜身不言豈惟上辜聖恩實亦下負神道
所以密緘手疏潛吐血誠苟合天心雖死無恨無任憂懼激切之至

論于頔裴均狀

于頔裴均欲入朝事宜

右臣聞諸道路皆云于頔裴均累有進奉並請入朝伏聞聖恩已似允許臣側聽時議內酌事情爲陛下謀恐非穩便晝夜思慮不敢不言伏見貞元已來天下節將握兵守土少肯入朝自陛下刑服三兇威加四海是得諸道節度使三二年來朝廷追則追替則替奔走道路懼承命之不暇斯則聖德皇威大被于四方矣夫謀宜可久事貴得中當艱難制之時則貴欲令其朝覲及可制之日則不必使之盡來何則安衆心收衆望在調馭之得其宜也臣伏見近日節度使或替或追稍似煩數今又許于頔等入奏或慮便留在朝臣細思之有三不可何者竊見外使入奏不問賢愚皆欲仰希聖恩傍結權貴上須進奉下須人事莫不減削軍府割剝疲人每一入朝甚於兩稅又聞于頔裴均

等數有進奉若又許來荆襄之人必重困於剥削矣奪等軍府疲人之不足奉君上權貴之有餘伏料聖心知之深所不忍此一不可一也臣又竊聞時議云近日諸道節使或以進奉希旨或以貨賄藩身謂恩澤可圖謂權位可取以入覲爲請以戀闕爲名須來即來須住即住要重位則得重位要大權即得大權進退周旋無求不獲天下節使盡萌此心不審聖聰聞此議否今于頔等以入覲爲請若又許之豈非須來即來乎既來必以戀闕爲名若又許之豈非須住即住乎則重位自然合加況必求之乎大權不得不與況必圖之乎重位大權人誰不愛于頔既得則茂昭求之臣聞茂昭又欲入朝已謀行計茂昭亦宰相也亦國親也若引于頔爲例獨不可乎若盡與之則陛下重位大權是以人情假人世授之可乎若獨與彼不與此則忿爭怨望之端自此而作今倖門已開矣速杜之又今于頔等開之臣必恐聖心有

時而悔矣其不可二也臣又竊見自古及今君臣之際權太重則下不得所執力太逼則上不甚安今于頔任兼將相來則揔朝廷之權家通國親入則連戚里之勢勢親則疎者不敢諫權重則羣下不敢言臣慮于頔未來之間內外迎附之者其勢已赫赫炎炎矣況其已來乎臣恐于頔未到之間內外合言者已不敢言矣況其已到乎脫或至此陛下有術以制馭之邪若用術制之不如不制之安也若又無術將如之何且于頔身是大臣子爲駙馬性靈事迹陛下素諳一朝到來權兼內外若繩以規制則必失君臣之心若縱其作爲則必敗朝廷之度進退思慮恐貽聖憂其不可三也凡此三不可事實不細伏乞聖覽再三思之今臣所言皆君臣之密機安危之大計伏望秘藏此狀不令左右得知況臣以疎議親以賤論貴語無方便動有悔尤言出身危非不知耳但以職居近密身被恩榮苟有聞知即合陳露儻盡言而得罪亦臣所甘

心若默然而負恩則臣所不忍伏希聖鑒俯察愚誠謹具奏聞謹奏

論和糴狀

今年和糴折糴利害事宜

右臣伏見有司以今年豐熟請令畿內及諸處和糴令收賤穀以利農人以臣所觀有害無利何者凡曰和糴則官出錢人出穀兩和商量然後交易也比來和糴事則不然但令府縣散配戶人促立程限嚴加徵催苟有稽遲則被追捉迫蹙鞭撻甚於稅賦號爲和糴其實害人儻依前而行臣故曰有害無利也今若有司出錢開場自糴比於時價稍有優饒利之誘人人必情願且本請和糴只圖利人人若有利自然願來利害之間可以此辯今若除前之弊行此之便是眞得和糴利人之道也二端取捨伏惟聖旨裁之必不得已則不如折糴折糴者折青苗稅錢使納斛斗免令賤糶別納見錢在於農人亦甚爲利況度支比來所支和糴

價錢多是雜色匹段百姓又須轉賣然後將納稅錢至於給付不免侵偷貨易不免折損所失過本其弊可知今若量折稅錢使納斛斗既無賤糴麥粟之費又無轉賣匹段之勞利歸於人美歸於上則折糴之便豈不昭然由是而論則配戶不如開場和糴不如折糴亦甚明矣臣久處村閭曾爲和糴之戶親被迫蹙實不堪命臣近爲畿尉曾領和糴之司親自鞭撻所不忍覩臣頃者常欲疏此人病聞于天聰疎遠賤微無由上達今幸擢居禁職列在諫官苟有他聞猶合陳獻況備諳此事深知此弊臣若緘默隱而不言不唯上辜聖恩實亦內負夙願猶慮愚誠不至聖鑒未迴即望試令左右可親信者一人潛問鄉村百姓和糴之與折糴孰利而孰害乎則知臣言不敢苟耳或慮陛下以勑命已下難於移改以臣所見事又不然夫聖人之舉事也唯務便人唯求利物若損益相半則不必遷移若利害相懸則事須追改

不獨於此其他亦然伏望宸衷審賜詳察謹具奏聞謹奏

論太原事狀 三件

嚴綬 輔光

右嚴綬輔光太原事迹其間不可遠近具知臣前日對時已子細面奏今奉宣輔光已替嚴綬續追此皆聖鑒至明左右不能惑聽合於公議斷自宸衷內外人心甚爲愜當其嚴綬早須與替不可更遲緣與輔光久相交結軍中補署職掌比來盡由輔光今見別除監軍小人乍失依託或恐嚴綬相黨曲爲妄陳軍情事宜之間須過防慮伏望聖恩速令貞亮赴本道便許嚴綬入朝

貞亮

右貞亮元是舊人曾任重職陛下以太原事弊使替輔光然臣伏聞貞亮先充汴州監軍日自置親兵數千又任三川都監日

專殺李康兩節度使事迹深爲不可爲性自用所在專權若貞亮處事依前即太原却受其敝矣雖將追改難以成功其貞亮發赴本道之時恐須以承前事切加約束令其戒懼此事至要伏惟聖志不忘

范希朝

右希朝前在振武威令大行至今蕃戎望風畏伏況又勤儉信實所在士卒歸心今若太原要人無出希朝之右伏恐聖意慮其有年臣又訪聞希朝筋力猶堪駈使但且令鎮撫必愜軍情待其三年間威制成立然後擇能者即必易守成規則雖老年事須且用其靈武比太原雖小亦是要鎮如納臣愚見伏恐便須擇人與希朝相代謹具奏聞謹奏

奏請加德音中節目 二件

緣今時旱請更減放江淮旱損州縣百姓今年租稅

右伏以聖心憂軫重降德音欲令實惠及人無如減放租稅昨
正月中所降德音量放去年錢米伏聞所放數內已有納者
縱未納者多是逃亡假令不放亦徵不得況旱損州縣至多所
放錢米至少百姓未經豐熟又納今年稅租疲乏之中重此徵迫
人力困苦莫甚於斯卻是今年伏望聖恩更與宰臣及有司
商量江淮先旱損州作分數更量放今年租稅當疲困之際
降惻隱之恩感動人情無出於此敢竭愚見以副聖心

請揀放後宮內人

右伏見大曆已來四十餘載宮中人數稍久漸多伏慮驅使之
餘其數猶廣上則虛給衣食有供億糜費之煩下則離隔親
族有幽閉怨曠之苦事宜省費物貴遂情頃者已蒙聖恩量
有揀放聞諸道路所出不多臣伏見自太宗玄宗已來每遇災旱
多有揀放書在國史天下稱之伏望聖慈再加處分則盛明之

德可動天心感悦之情必致和氣光垂史册美繼祖宗貞觀開
元之風復見於今日矣非小臣愚懇不能發此言非陛下英明不能行
此事如蒙允許便請於德音中次第處分謹具奏聞伏待進旨謹奏

論于頔所進歌舞人事宜狀

右臣三五日來聞於時議云前件所進者並是于頔愛妾被普
寧公主聞欲選進今于頔所進事非獲已者臣未知此說虛之
與實再三思之皆爲不可何則于頔自入朝來陛下待之深得
其所存其大體故厚加寵位知其性惡故不與威權中外人情
以爲至當在於于頔亦自甘心今因普寧奪其愛妾衆人既有
流議于頔得以爲詞臣恐此事不益聖德在臣愚見豈敢不言伏
見陛下數月已來分別邪正所有制斷所有處置無不合於公
論無不愜於人情唯此一事實乖時體關於損益臣實惜之今
道路云云皆有此說是于頔自進亦恐外人不知去就之間恐須

却賜于頔内足以辯明聖意外足以止息浮詞又令于頔有所感
戴臣所聞所見如此伏恐陛下要知輒敢密陳庶裨萬一謹
具奏聞謹奏

論魏徵舊宅狀

李師道奏請出私財收贖魏徵舊宅事宜

右今日守謙宣令撰與師道詔所請收贖魏徵宅還與其子甚
合朕心允依來奏者臣伏以魏徵是太宗朝宰相盡忠輔佐以致
太平在於子孫合加優卹今緣子孫窮賤舊宅典賣與人師道
請出私財收贖却還其後嗣事關激勸合出朝廷師道何人輒
掠此美依宣便許臣恐非宜況魏徵宅内舊堂本是宮中小殿
太宗特賜以表殊恩既又與諸家不同尤不宜使師道與贖計
其典賣其價非多伏望明勑有司特以官錢收贖便還後嗣以勸
忠臣則事出皇恩美歸聖德臣苟有所見不敢不陳其與師

道詔未敢依宣便撰伏待聖旨謹具奏聞謹奏

論王鍔欲除官事宜狀

右臣竊有所聞云王鍔見欲除平章事事未知何故有此商量臣伏以宰相者人臣極位天下具瞻非有清望大功不合輕授王鍔既非清望又無大功若加此官深為不可昨日裴均除平章事內外之議早已紛然今王鍔若除則如王鍔之輩皆生冀望之心矣若盡與則典章大壞又未感恩若不與則厚薄有殊或生怨望倖門一啓無可奈何臣又聞王鍔在鎮日不卹凋殘唯務差稅淮南百姓日夜無憀五年誅求百計侵削錢物既足部領入朝號為羨餘親自進奉凡有耳者無不知之今若授同平章事臣恐四方聞之皆謂陛下得王鍔進奉而與宰相也臣又恐諸道節度使今日已後皆割剝生人營求宰相私相謂曰誰不如王鍔邪故臣以為深不可也其王鍔歸鎮與在朝伏望並不除宰相臣

尚未知所聞信否貴欲先事而言或恐萬一已行即言之無及伏
惟聖鑒俯察愚衷謹具奏聞謹奏

論裴均進奉銀器狀

右臣伏聞向外傳說云裴均前月二十六日於銀臺進奉前件銀器雖未審知虛實然而物議喧然既有所聞不敢不奏伏以陛下昨因時旱念及疲人特降德音停罷進奉天意如感雨澤應期巷舞途歌咸呼萬歲伏自德音降後天下顒望遵行未經旬月之間裴均便先進奉若誠有此事深損聖德臣或慮有人云裴均所進銀器發在德音之前遂勸聖恩不妨受納以臣所見事固不然臣聞衆議皆云裴均性本貪殘動多邪巧每假進奉廣有誅求料其深心不願停罷必恐即日修表倍程進來欲試朝廷嘗其可否何者前月三日降德音准 諸道進奏院報事例不過四五日即裴均合知至二十六日進物方到以

此詳察足見姦情今若便容果落邪計況一處如此則遠近皆知
臣恐諸道依前從此不守法度則是陛下明降制旨又自棄之何
以制馭四方何以取信天下臣反覆思慮深為陛下惜之伏准德
音節文除四節及旨條外有違越進奉者其物送納左藏庫
仍委御史臺具名聞奏若此事果實則御史臺必准制彈奏
諫官必諫宰相必論天下知之何裨聖政以臣所見伏望明宣云
裴均所進銀器雖在德音之前恐四方不知宜送左藏庫收納
如此則海内悦服天下歡心事出宸衷美歸聖德又免至御史
諫官奏論之然後有處置且在於事體深以為宜伏願聖心速
賜裁斷謹具奏聞謹奏

白氏文集卷第五十八

白氏文集卷第五十九

奏狀二 凡二十四首

論孫璹張奉國狀　奏所聞狀
奏閿鄉等縣禁囚狀　論承璀職名狀
論元稹第三狀　請罷兵第二狀　請罷兵第三狀
論嚴綬狀　論孟元陽狀　謝官狀　陳情狀
謝官狀　謝恩賜設狀　謝恩賜衣服狀
謝三月三日賜宴狀　謝九月九日賜宴狀
謝臘日賜口蠟狀　謝中和節賜尺狀
謝賜新火狀　謝恩賜氷狀　謝賜新曆日狀
謝賜茶果等狀　謝賜設及匹帛狀
謝社日賜酒餅狀

論孫璹張奉國狀

孫璹

右伏以鳳翔右輔之地控壓隴蜀又近國門最爲重鎮承前已來多擇有功勳德望者爲之節使昨者孫璹忽除此官臣緣素未諳知不敢輕議可否及制下之後甚不愜人心孫璹雖久從軍不聞有大功効自居禁衛亦無可稱至於姓名衆未知有縱有才畧堪任將帥猶宜且試於小鎮不合便授此重藩豈唯公議之間以爲過當亦恐同類之内皆生倖心況今聖政日明朝綱目舉每命一官一職人皆側耳聽之則除授之間深宜重愼今孫璹已受成命未可遽又改移待到鳳翔觀其可否已後不可不審伏恐聖聰要知

張奉國

右奉國當徐州用兵之時已有殊効及李錡作亂之日又立大功忠節赤誠海内推服近來將校少有比倫已蒙聖恩授金吾大將

軍以示奬勸以臣所見更宜與一方鎮以感動天下忠臣之志以摧懾天下姦臣之心何者奉國之事無人不知方鎮之榮無人不愛若奉國更得節度使天下聞知人皆爲貪寵榮誰不爭効忠順萬一若一方有事一帥負恩則麾下偏裨競爲奉國亂臣賊子不敢不息一則明勸忠貞二則闇銷禍亂聖人機柄正在於斯今奉國聞已有年亦宜速用事不可失臣深惜之然以奉國未曾爲理人官恐未可便授大鎮若近邊次節度有要替處與奉國最爲得宜謹具奏聞謹奏

奏所聞狀

向外所聞事宜

右伏見六七日來向外傳説皆云有進止令宣與諸道進奏院自今已後應有進奉並不用申報御史臺如有人勘問便仰録名奏來者内外相傳不無驚怪臣伏料此事多是虛傳且有此聞

不敢不奏伏惟德音除四節外非時進奉一切並停如有違越仰
御史臺察訪聞奏今若不許報臺不許勘問即是許進奉而
廢德音也伏以陛下憂人思理發自深誠德音中停罷進奉最
是大節昨者裴均所進銀器發在德音之前猶慮四方不知將謂
容其違越特令送出外庫宣報所司遠近傳呼聞於道路此
則不獨人心欣躍感動四方實亦國史光明垂示百代今未踰數
月忽有此消息賀德音之使未絶於道途許進奉之聲已聞
於内外此衆情所以驚愕而不測也臣昨訪聞又無明勑伏料聖
意必無此處分但恐宣傳之際或致疑誤遂令内外有此流傳
實恐旬月之間散報諸道虧損聖政無甚於斯若此果虚即望
宣示内外令知聖旨使息虚聲伏願宸衷速有處分謹具奏謹奏

奏閿鄉縣禁囚狀

虢州閿鄉湖城等縣禁囚事宜

右伏聞前件縣獄中有四十數人並積年禁繫其妻兒皆乞於道路以供獄粮其中有身禁多年妻已改嫁者身死獄中取其男收禁者云是度支轉運下囚禁在縣獄欠負官物無可塡陪一禁其身雖死不放前後兩遇恩赦今春又降德音皆云節文不該至今依舊自囚禁臣伏以罪坐之刑無重於死故殺人者罪止於死坐贓者身死不徵今前件囚等欠負官錢誠合塡納然以貧窮孤獨唯各一身債無納期禁無休日至使夫見在而妻嫁父已死而子囚自古罪人未聞此苦行路見者皆爲痛傷況今陛下愛人之心過於父母豈容在下有此窮人古者一婦懷寃三年大旱一夫結憤五月降霜以類言之臣恐此囚等直憂怨之氣必能傷陛下陰陽之和也其囚等人數及所欠官物并赦文不該事由臣即未知委細伏望與宰相商量兼令本司具事由分析聞奏如或是實禁繫不虛伏乞特降聖慈發使一時放免一則

使縲囚獲宥生死皆知感恩二則明天聽及卑遠近自無冤滯事關聖政不敢不言臣兼恐度支鹽鐵使下諸州縣禁囚更有如此者伏望便令續條疏具事奏上

論承璀職名狀

承璀充諸軍行營招討處置使

右緣承璀職名自昨日來臣與李絳等已頻論奏又奉宣旨令依前定者臣實深知不可豈敢順旨便休伏望聖慈更賜詳察

臣伏以國家故事每有征伐專委將帥以責成功近年已來漸失舊制始加中使爲都監頃者韓全義討淮西之時以賈良國爲都監近日高崇文討劉闢之時以劉貞亮爲都監此皆權宜且爲近例然則與王者之師銜天下之兵自古及今未有令中使專統領者今神策軍既不置行營節度使即承璀便是制將又充諸軍招討處置使即承璀便是都統豈有制將都

統而使中使兼之臣恐四方聞之必輕朝庭四夷聞之必笑中國王承宗聞之必增其氣國史記之後嗣何觀陛下忍令後代相傳云以中官爲制將都統自陛下始伏乞聖慮以此思之臣又兼恐劉濟茂昭及希朝從史乃至諸道將校皆恥受承璀指麾心既不齊功何由立此是資承宗之計而挫諸將之勢也伏乞聖慮又以此思之臣伏以陛下自春宮以來則曾驅使承璀歲月既久恩澤遂深望陛下念其勤勞貴之可也陛下憐其忠赤富之可也至於軍國權柄動關於治亂朝庭制度出自於祖宗陛下寧忍徇下之情而自隳法制從人之欲而自損聖明何不思於一時之間而取笑於萬代之後今臣忘身命瀝肝膽爲陛下痛言者非不知逆耳非不知危身但以螻蟻之命至輕社稷之計至重伏乞聖慮又以此思之陛下必不得已事須用之即望改爲都監且徇舊例雖威權尚重而制度稍存天下聞之不甚驚駭如蒙允

許伏望速宣與中書改爲諸軍都監臣不勝憂迫懇切彷徨之至

論元稹第三狀

監察御史元稹貶江陵府士曹參軍

右伏緣元稹左降事宜昨李絳崔羣等再已奏聞至今未蒙宣報伏恐愚誠未懇聖慮未迴臣更細思事有不可所以塵黷至於再三臣内察事情外聽衆議元稹左降不可者三何者元稹守官正直人所共知自授御史已來舉奏不避權勢只如奏李公佐等之事多是朝廷親情人誰無私因以挾恨或假公議將報私嫌遂使誣謗之聲上聞天聽臣恐元稹左降已後凡在位者每欲舉事先以元稹爲戒無人肯爲陛下當官執法無人肯爲陛下嫉惡繩愆内外權貴親黨縱横有大過大罪者必相容隱而已陛下從此無由得知其不可者一也昨者元稹所追勘房式之事心雖奉公事稍過當既從重罰足以懲違況經謝恩旋

又左降雖引前事以為譴責詞然外議諠諠皆以為元稹與中使

劉士元爭廳自此得罪至於爭廳事理已具前狀奏陳況聞劉

士元踏破驛門奪將鞍馬仍索弓箭嚇辱朝官承前已來未

有此事今中官有罪未見處置御史無過却先貶官遠近聞知

實損聖德臣恐從今已後中官出使縱暴益甚朝官受辱必

不敢言縱有被凌辱毆打者亦以元稹為戒但吞聲而已陛下

從此無由得聞其不可者二也臣又訪聞元稹自去年已來舉奏

嚴礪在東川日枉法收没平人資產八十餘家又奏王紹違法給

券令監軍神柩及家口入驛又奏裴玢違勅旨徵百姓草又奏

韓皐使軍將封杖打殺縣令如此之事前後甚多屬朝廷法

行悉有懲罰計天下方鎮皆怒元稹守官今貶為江陵判司

即是送與方鎮從此方便報怨朝廷何由得知臣聞德宗時有

崔善貞密告李錡必反德宗不信送與李錡李錡大怒遂掘

坑縱火燒殺崔善貞未數年李錡果反至今天下爲之痛心臣
恐元稹左降後方鎮有過無人敢言皆欲惜身永以元稹爲戒如
此則天下有不軌不法之事陛下無由得知此其不可者三也若無
此三不可假如朝廷誤左降一御史蓋是小事臣何敢煩黷聖聽
至于再三乎誠以所損者微所關者大以此思慮敢不極言陛下
若以臣此言爲忠又未能別有處置且必不得已則伏望且令追制改
與一京司閑官免令元稹却事方鎮此乃上裨聖政下愜人情伏
望細察事情斷在聖意謹具奏聞謹奏

請罷兵第二狀　五月十日進

請罷恒州兵事宜

右緣討伐恒州事宜前者巳具奏聞此事至大至切臣不合一奏
便休伏願聖聰再賜詳省臣伏以河北事體本不合用兵既巳
用兵亦希萬一所以人意或望成功今看事勢必無望何者

陛下本用兵之初第一倚望承璀第二準擬希朝茂昭今承璀
自去已來未敢苦戰已喪大將先挫軍威至今與從史兩軍入
賊界下營未得從史雖經接戰與賊勝負略均況奏報之間
又事恐非實憂在進退貴引日時不唯意在逗留兼是力難
支敵希朝茂昭數月已來方入賊界據所奏到賊新市城一
鎮便過不得又奏深澤縣令却被賊打破則其進討之勢想亦
可知劉濟親領全軍分圍樂壽又奏賊城堅守卒不易攻師道
季安元不可保今看情狀似相計會各收一縣便不進軍如此
事由陛下具見據其去就豈有成功未審聖志何如更有所望
以臣愚見速須罷兵若又遲疑其害有四可爲陛下痛惜者二
可爲陛下深憂者二何則若保有成功即不論用度多少既的知
不可即不合虛費資糧悟而後行事亦非晚今遲校一日有一日
之費更延一月所費滋多終須罷兵何如早罷臣伏見陛下比

來愛人省用發自深心至於聖躬每事節 今以府庫錢帛百
姓脂膏資助河北諸侯轉令富貴强大臣每念此不勝憤歎此
所謂陛下痛惜者一也臣伏恐河北諸將見吳少陽已受制命必引
事例輕重同詞請雪承宗若章表繼來即議無不許請而後
捨樸樣可知轉令承宗膠固同類如此則與奪皆由鄰道恩信
不出朝廷實恐威權盡歸河北臣每念此實所疚心其爲陛下痛
惜者二也今天時已熱兵氣相蒸至於飢渴疲勞疫疾暴露衣
甲暑濕弓箭瘡痍上有赤日前有白刃驅以就戰人何以堪縱不
惜身亦難忍苦況神策官健又最烏雜以城市之人例皆不
慣如此忽思生路或有奔逃一人若逃百人相扇一軍若散諸軍必
揺事忽至此悔將何及此其爲陛下深憂者一也臣伏聞廻鶻吐
蕃皆有細作中國之事小大盡知今聚天下之兵唯討承宗一賊自
冬及夏都未立功則兵力之强弱資費之多少豈宜使西戎北虜

二知之忽見利生心承虛入寇以今日之勢力可能救其首尾哉兵連禍生何事不有萬一及此實關安危臣每思之憂入骨髓此其爲陛下深憂者二也伏惟詳臣此狀察臣此心審賜裁量速有處分如此則是陛下社稷宗廟之福不獨天下幸甚謹具奏聞

請罷兵第三狀 六月十五日進

請罷恒州兵馬事宜

右臣所請罷兵前後已頻陳奏今日事勢又更不同比來日月漸深憂惶轉甚若不極慮患若不切言是臣懼罪惜身上負陛下伏希聖鑒憐察血誠知臣心如此更詳此狀臣伏以行營近日事體陛下一一具知師道令收棣州至今音未奏詔至於表章詞意近者亦甚乖宜季安等心元不可測與賊計會各收一空縣而已相顧拱手便休聞昨者澤潞潰散健兒其間有入魏博却投邢洺者季安追捉並按軍令昨所與詔都不稟承據

此情狀略無[illegible]迹但恐今日已後此輩無不辨爲又比來所望有功只在南北兩道今北道希朝等屯軍向欲半年過新市一鎮未得茂昭又稱兵少特地方請加兵則南道勢力今亦可見北道承璀首未立功元陽新到邢州又奏兵數至少請諸軍兵馬議不可抽假使承璀等竭力盡忠終恐不副聖意據此事勢萬無成功陛下猶未罷兵不知更有何所待臣伏恐劉濟近日情似盡忠今忽罷兵慮傷其意以臣所見理固不然劉濟大姦過於羣輩外雖似順中不可知有功無功進退獲利初聞罷討或可有詞見雪恒州必私懷喜何則與承宗本末之勢同也假令劉濟實忠實盡陛下難阻其心猶須計量重輕捨小圖大豈緣劉濟一人惆悵而不顧天下遠圖況今事情又不至此伏望聖意斷之不疑臣昨者以軍久無功時又漸熱人不堪命慮有奔逃前狀之中已具陳奏今東聞神策所管徐泗鄭滑兩道兵馬各有

言語似少不安臣自聞之不勝憂切一軍若不寧帖必扇諸軍之
心自此動搖何慮不有事忽至於此者則陛下求不罷討得乎
一種罷兵何如早罷必待事不得已然後罷之只使陛下威權轉
銷天下模樣更惡如此事勢皆在目前只合逆防不合追悔今盧
從史已歸罪左降王承宗又乞雪表來元陽方再救未軍劉濟
且引兵欲進因此事勢正可罷兵赦既有名罷猶有勢若又此
時不罷臣實不測聖意臣伏料陛下去年初銳意用兵之時必謂討
承宗如討劉闢李錡兵合之後坐見誅擒豈料遷延經年如此然
則始謀必剋猶不可知後事轉難更何所望至於竭府庫以富
河北諸將虛中國以使戎狄生心可爲深憂可爲痛惜臣具前
奏不敢再陳況今日已前所惜者威權財用今日已後所憂者
治亂安危國家有天下二百年陛下承宗社十一葉豈得以小
忿而忘國家[illegible]計豈得以小恥而忘宗社遠圖伏願聖意以此爲

慮臣前後御三狀不啻千言詞既繁多語亦懇切陛下若以臣所見非是所言非忠況又塵黷不休臣即合便得罪若以臣所見爲是所言爲忠則陛下何忍知是不從知忠不納不然則臣合得罪不然則陛下罷兵伏望讀臣此狀一二十遍斷其可否速則處分臣不勝負憂待罪懇迫兢惶之至謹奏

論嚴綬狀

奉宣令依中書狀撰制除嚴綬江陵節度使

右臣伏以趙宗儒衆稱清介有恒嚴綬衆稱怯懦無恥二人臧否優劣相懸宗儒自到江陵雖無殊政亦聞清淨境内頗安縱要改移即合便擇勝宗儒者且嚴綬在太原之事聖聰備聞天下之人以爲談柄陛下罷其節制追赴朝廷至今人情以爲至當今忽再用又替宗儒臣恐制書下後無不驚歎兼邪人得計正人憂疑大乖羣情深損朝政臣前後所奏宣撰制若非甚不可者亦

不敢切論今此除授實甚不可伏望聖意更賜裁量其制未敢
便撰伏待聖旨謹奏

論孟元陽狀

奉宣令依中書狀撰制除孟元陽右羽林軍統軍
仍封趙國公食邑三千戶

右臣伏以孟元陽㶚水有功河陽有政自到澤潞戎事頗修但以老年事須與替比諸流輩事迹不同今所除官合加優奬昨者范希朝在太原日昏老耄不理人情共知及除統軍衆猶謂屈今元陽事迹不同希朝又除統軍恐似更屈雖加封爵悉是虛名況元陽功効忠勤天下有數今以無能者一例除改無所旌別臣恐今日已後無以勸人以臣所見若改除金吾大將軍輕重之間實爲得所只如柳惟晨李簡之輩有何功業合比元陽猶居此官千歲伏望聖慈以此裁量其制未敢依中書狀

便撰謹具　聞伏待聖旨謹奏

謝官狀

新授將仕郎守左拾遺翰林學士臣白居易

新授朝議郎守尚書庫部員外郎翰林學士雲騎尉臣崔羣

右臣等伏奉恩制除前件官今日守謙奉宣進旨特加慰諭并賜告身者聖慈曲被寵命猥加俯以拜恩跪而受賜蹈舞離次驚惶失圖伏以郎吏諫官古今所重位當星象職在箴規皆須問望清方行實端慤然可以佐彌綸於草昧能正其詞盡獻納於芻言必直其節苟輕所選實忝厥官臣等學識庸虛才質愚懦自居近職忝冒已深況超擢榮班慙惶交至初授殊常之寵聞實若驚再思難報之恩感而欲泣唯當奮勵駑鈍補拾闕遺中誓赤誠上酬玄造俯伏憂愧若無所容無任感恩兢惕之至謹奉狀陳謝以聞謹奏

奏陳情狀 元和五年四月二十六日進

翰林學士將仕郎守左拾遺臣白居易

右今日守謙奉宣聖旨以臣本官合滿欲議改轉知臣欲有陳露令臣將狀來者臣有情事不敢不言伏希聖慈俯察愚懇臣母多病臣家素貧甘旨或虧無以為養藥餌或闕空致其憂情迫於中言形於口伏以自拾遺授京兆府判司往年院中曾有此例資序相類俸祿稍多儻授此官臣實幸甚則及親之祿稍得優豐荷恩之心不勝感激輒敢塵黷無任兢惶謹具奏陳伏在聖旨

謝官狀 元和五年五月六日進

新授京兆府戶曹參軍翰林學士白居易

右伏奉恩制除臣前件官今日守謙奉宣聖旨特加慰諭兼賜告身者俯僂承恩怵惕受命戰越踊迹驚惶失容蹈舞屏營

不知所據臣叨居近職已涉四年自顧庸昧無裨明聖塵忝歲久憂懃日深況於官祿之間豈敢有所選擇但以位卑俸薄家貧親老養闕甘馨之費病乏藥石之資人子之心有所不足昨蒙聖念曲許陳情敢望天恩遽從所欲況前件官位望雖小俸料稍優臣今得之勝登貴位此皆皇明俯察玄造曲成念臣爲子之誠賜臣及親之祿臣所以撫心知愧因事吐誠烏鳥私情得盡歡於展養犬馬微力誓効死以酬恩榮幸不止於一身感戴寧貲深於萬品無任荷恩抃躍之至

謝蒙恩賜設狀

右今日守謙奉宣聖旨以臣初入院特賜設者臣生長窮賤才質孱微草野鄙夫風塵走吏豈期聖造選在禁闈煦以天慈賜以御食臣所以凌兢受命俯伏荷恩心魂不寧手足無措況樽開九醞饌列八珍恵過加籩榮優置醴金罍引滿將王

澤而共深玉饌屬厭與聖德而俱飽終食且歎捫心自驚戰
汗慚惶隕越之下謹奉狀陳謝以聞謹奏

謝恩賜衣服狀

右今日守謙奉宣聖旨以臣初入院特賜衣服者臣自入禁司纔
經旬月未陳薄效累受殊私況前件衣服等獻自遠方降從
御府既鮮華而駭目亦輕煖而便身臣實何人堪此榮賜臣必
擬秘藏篋笥傳示子孫何則顧陋質而懷慚貌非稱服撫微
軀而荷寵力不勝衣因物感恩無任愧懼謹奉狀

三月三日謝恩賜曲江宴會狀

右今日伏奉 恩賜臣等於曲江宴樂并賜茶果者伏以暮春
良月上巳嘉辰獲侍宴於內庭又賜歡於曲水蹈舞踴地歡呼動
天況妓樂選於內坊茶果出於中庫榮降天上寵驚人間臣等
謬列近司[illegible]澤捧觴知感終宴懷慚肉食無謀未展涓埃

之効素飡　雖勝醉飽之恩以此兢惶未知所報謹奉狀陳
謝以聞謹奏

月九日謝恩賜宴曲江會狀

右臣今日伏　進旨賜臣等於曲江宴會特加宣慰并賜酒脯等者伏以重陽令節大有豐年賜宴於無事之朝追歡於最勝之地況天厨酒脯御府管絃寵賜忽降於寰中榮幸實生於望外仍加慰諭曲被輝華臣等各以凡才同叅密職幸偶休明之日多承飫賜之恩樂感形骸歡容動而成舞澤均草木秋色變以爲春徒激丹心豈報玄澤謹奉狀

臘日謝恩賜口蠟狀

右今日蒙恩賜臣等前件口蠟及紅雪澡豆等仍以時寒特加慰問者伏以時逢臘節候屬祁寒豈意聖慈不忘微賤念嚴凝而加之煦嫗慮皸瘃而潤以脂膏喜氣動中歡容發外挾纈之

恩所勉和□體舒不龜之澤既霑感而手舞臣等省躬懷愧
因物諭情豈止飲德銘心唯驚寵賜必擬澡身勵節以荅鴻
私感躍之誠倍萬恒品謹具奏聞謹奏

中和日謝恩賜尺狀

右今日奉宣賜臣等紅牙銀寸尺各一者伏以中和届節慶賜申
恩當晝夜平分之時頒度量合同之令況以紅牙爲尺白銀爲
寸美而有度煥以相宜遠下明忖度之心爲上表裁成之德慶澤
所及歡心畢同臣等塵忝日深寵錫歲至雖恩光下濟照尺之
顏不違而尸素內慙分寸之功未効捧受愧畏倍萬恒情謹具
奏聞謹〻

謝清明日賜新火狀

右今日高品官唐國珍就宅宣旨賜臣新火者伏以節過藏煙
時當改火今以發滯表皇明以燭幽臣顧以賤微荷茲榮

燿就賜而至　私宅聚觀而光動里閭降實自天非因榆柳之燧
仰之如日　葵藿之心徒奉恩輝豈勝欣戴

謝賜冰狀

右今日奉聖旨賜臣等冰者伏以頒冰之儀朝廷盛典以其非常之物用表特異之恩況春羔之薦時始因風出當夏蟲之疑日忽自天來煩暑迎消涼飈隨至受此殊賜臣何以堪欣駭慙惶若無所措但飲之慄慄常傾受命之心捧之兢兢未懷履薄之戒以斯惕厲用荅皇慈謹奉狀陳謝以聞

謝賜新曆日狀

右今日蒙恩賜臣等前件新曆日者臣等拜手蹈舞鞠躬捧持開卷授時見履端之有始披文閱歲知御曆之無窮慶賀既深感戴無極謹奉狀陳謝

謝恩賜茶果等狀

右今日高品杜文清宣進旨以臣等在院修撰制問賜茶果梨脯等曲蒙聖念特降殊私慰諭未終錫賚旋及臣等慚深曠職寵倍驚心述清問以修詞言非盡意仰皇慈而受賜力豈勝恩徒激丹誠詎酬玄造

謝賜設及匹帛狀

右今日高品劉全節奉宣進旨以臣等在院覆策畢特加慰問并賜設及匹帛者臣等職在掌文詔令考策雖竭鄙昧猶懼闕遺豈意皇鑒下臨聖慈曲至惠加賜食榮及承筐寵厚縑緗仰難勝於玄貺恩深醉飽退有愧於素飡徒積慙惶何酬慶賜

社日謝賜酒餅狀

右今日蒙恩賜臣等酒及蒸餅鐶餅等伏以時唯秋社慶屬年豐須上尊之酒特承賜太官之餅餌既非舊例特表新恩空

荷皇玄[illegible]兼謹奉狀

白氏文集卷第五十九